A mes amours, Isabelle, Manon et Tiffanie
Pour qu'elles me connaissent un peu mieux

A mes fidèles Purdey, Fraise et Bambi
Plus j'ai connu les hommes, plus j'ai aimé mes chiens

Sur simple demande adressée aux
Editions du portail, 6, avenue Neil Armstrong,
bâtiment Le Lindbergh, 33700 Mérignac,
vous recevrez gratuitement notre catalogue
qui vous informera de nos dernières publications.

—

Texte intégral

ISBN 978-2-917152-01-0

Léo CARRIER

STARS ET VOYOUS

Editions du portail

SOMMAIRE

INTRODUCTION

« Dans la vie, il n'y a pas de hasard, pas de coïncidence. Dans la vie il n'y a que des rendez-vous » ! Claude Lelouch m'expliquait cette théorie lors d'un déjeuner au restaurant La Marée, en compagnie de Gilbert Bécaud, juste avant le tournage de *Toute une vie.*

« Nous sommes des comètes… certaines brillent plus que d'autres, c'est tout ! Dans notre ciel de vie, nous rencontrons des astéroïdes, sans intérêt apparent, que nous oublions aussitôt qu'on les a rencontrés. Mais ces astéroïdes, pâles et minuscules, font dévier nos trajectoires et nous font aller à droite quand nous pensions aller à gauche, nous projetant ainsi vers des rencontres inattendues mais prévues, que nous n'aurions pas faites sans cela. Ces astéroïdes nous dirigent vers les rendez-vous de notre vie. Elles ne servent qu'à cela » !

En effet, c'est bien connu, c'est grâce à X qu'on rencontre Y, lequel nous présente Z. Et c'est chez Z que l'on fait la rencontre de sa vie. Un homme ou une femme… Un amour ou un ami… Et l'on oublie X, Y ou Z mais jamais la rencontre, rendez-vous du destin qui change notre vie.

J'ai ainsi croisé des gens formidables, de tous horizons, des génies et des médiocres, des bons et des méchants : Daniel, Claude, Tany, Anthony, Franck, Claudia, Jojo et quelques autres. Ils ont été les étoiles de ma vie.

Dijon, lundi 19 novembre 1973. 20 heures 30.

Ils sont trois. Deux hommes et une femme qui sortent du restaurant *La Chasse royale* et se rendent à leur hôtel, comme tous les soirs, depuis le début du procès du Fétiche Club. Une moto, une grosse cylindrée, n'attendait que ça. Elle prend de la vitesse, montée par deux hommes vêtus de cuir noir, avec casque intégral.

En quelques secondes, elle débouche place de la Libération et parvient au niveau du trio qui se disloque au même instant. La femme s'attarde pour allumer une cigarette. L'un des deux hommes se baisse pour relacer sa chaussure. Le destin ! Reste le troisième : Daniel B. Seul, isolé. La destinée !

La moto arrive à sa hauteur, le frôle. Le passager à l'arrière tient une arme qu'il pointe sur sa cible. Dans la nuit, trois coups de feu claquent. Atteint à bout portant, en pleine tête, B. meurt sur le coup.

Pourtant, il y a du monde et la circulation est dense car, dans un autre restaurant, *Les trois faisans*, attenant à *La Chasse royale*, se donne une réception. Un de ses cuisiniers est d'ailleurs le premier à se pencher sur le mort, tandis que les témoins affolés crient :

– Alertez la police ! Alertez la police !

La moto a disparu dans la nuit mais la femme, tremblante, reste longtemps tapie derrière une voiture.

Mercredi 21 novembre 1973. Paris.

Stupéfait, j'apprends la nouvelle par France Soir, qui sous la plume de Charles Garreau titre : « Des tueurs en moto abattent un inculpé du Fétiche Club ». Sous le titre, une grande photo de Daniel. Des questions me viennent immédiatement à l'esprit : qui ? et pourquoi ? Le journaliste se perd en suppositions fantaisistes.

À la question « qui ? », plusieurs solutions possibles. Tout d'abord, les amis de Tintin Tramini. La rumeur, mais aussi certains livres le prétendent, comme *Les Parrains corses* de *Follolou et Nouzille* chez Fayard, ou *Les Parrains de la côte* de B. Oubry. (aux éditions de L'Ecailler du Sud)

Les Parrains corses explique la sanglante guerre que se livrèrent Tramini, associé à Salicetti, aux Venturi et Renucci que je vais connaître et dont je parlerai plus loin. Curieux ce cercle qui va d'un clan à l'autre et dont B. aurait signé le mot « fin » en même temps qu'il me rencontrait lors du tournage de *Les Hommes*, film retraçant justement l'histoire de l'épopée des Venturi engagés dans la contrebande de cigarettes.

Mais il faut compter aussi avec les « soldats » de Zemmour avec qui Daniel était en guerre, et même avec le gang de la banlieue sud, avec lequel Daniel avait également des problèmes. Ce pourrait être aussi un proxénète dont Daniel aurait séduit une des femmes... Ce genre de choses arrive... Ou bien encore la vengeance de la victime d'un racket, spécialité de la bande de Daniel. Pour une réponse fondée, il est préférable de se rapporter aux ouvrages cités...

Le « pourquoi ? ». Daniel était une étoile montante du milieu, infiniment plus dangereux que ne le décrit le journaliste de *France Soir* qui ne voyait en lui qu'un personnage pittoresque, pagnolesque. Il était plus redoutable que ne le dit le magazine *Lui* : « Daniel B., 31 ans, une manière de Rastignac, beau garçon, intelligent, au casier judiciaire immaculé. » En réalité, il était dur, ambitieux, très ambitieux même, arrogant, et flatté de ses relations avec Frank Sinatra et ses amis. Une sorte de Tony Montana de son temps.

Ses aventures avec Sinatra font l'objet d'un long article dans le magazine *Lui*. Plusieurs pages y sont ainsi consacrées à la guerre des Zemmour : « Depuis son château de quatorze pièces, B. soumet la majorité des boîtes de nuit et même le casino municipal à un impôt. Lorsque Frank Sinatra mandaté par le groupe des "Bahamas" vient à Biarritz négocier l'achat du casino, Daniel le suit comme son ombre. Et tandis que Sinatra provoque des scandales dans les boîtes de nuit, B. rédige les contrats et négocie les actes de vente. Cette étrange association finit tout de même par inquiéter les notables de la ville. Ils refusent de vendre. Furieux, Sinatra repart dans son avion personnel. B., lui, ébloui, se voit déjà parrain d'une Cosa Nostra française ». Fin de citation.

Attiré par le « show-biz » et profitant de l'amitié sincère qui me lie à quelques-uns de ses soldats, B. en profite pour m'approcher et me proposer deux ou trois projets, dont un, important, concernant Sinatra. Ces projets ne peuvent qu'intéresser l'aventurier que j'étais, même si je pressentais le danger qu'ils pouvaient me faire courir. Il avait aussi un beau brin de plume. Il avait même écrit un long poème épique sur l'anarchie. Les thèmes développés lui ressemblaient : ni dieu, ni maître !

Nombreux étaient ceux qui le détestaient assez pour vouloir s'en débarrasser mais le craignaient suffisamment pour ne pas oser entreprendre une guerre contre lui. Des amis proches, versés dans la drogue et les braquages, m'avaient d'ailleurs prévenu : « Ne sors plus avec Daniel. C'est un avertissement officiel. Un jour ou l'autre, quelqu'un va le flinguer… c'est écrit. Tant pis pour ceux qui seront avec lui, il peut y avoir des balles perdues » !

Ce n'est pas tout à fait vrai. Il est mort seul. Pourtant, il était entouré. Le pardon pour les soldats, la mort pour le chef. Il faut dire que Daniel avait la solide réputation de mettre la main à la patte, et d'avoir souvent lui-même porté les armes lors de règlements de comptes. Je n'avais pas vraiment cru à cet avertissement, cependant, j ai cru bon de prévenir les soldats de B. avec qui je sortais toutes les nuits à cette époque-là. Eux non plus, n'y ont pas cru.

Vendredi 23 novembre 1973. 20 heures.

Je me rends avec ma compagne Tiffanie dans un bar du quartier de l'Opéra à Paris, quartier général de l'équipe, en ce temps-là tenu par M., aujourd'hui retiré dans le Midi. On boit l'apéritif, puis Tiffanie et moi, comme prévu, nous nous rendons au ciné Paramount, tout voisin, pour la séance de 21 heures. Je promets de repasser après le film.

Cette séance de cinéma m'empêche de tomber avec les lieutenants de B. dans une rafle dont j'aurais eu beaucoup de mal à sortir indemne. Ce soir-là, comme tous les autres soirs de cette année 1973, j'étais armé !

Si je parle d'abord de ces deux événements, c'est qu'ils ont changé ma vie. D'autant plus qu'ils faisaient suite à une soirée très chaude organisée par B. avec qui j'avais des projets sur le feu. Cette soirée avait failli se terminer par une fusillade avec l'arrivée de trois soldats des Zemmour, du moins le pensions-nous.

Aussi, au tout début de l'année 1974, je prends, suite à un ultimatum de Tiffanie, la sage résolution de mettre, dans la mesure du possible, une grande distance entre moi et ce grand banditisme que j'avais pris l'habitude de côtoyer de trop près. Mon goût du risque et ma quête du frisson de l'adrénaline ont des limites ! En fait, au moment de cette fameuse soirée, je suis éditeur de musique, associé à Francis Lai et Claude Lelouch qui ignorent tout de ma double vie. Grâce à eux, j'ai la réussite avec moi.

Après le flingage de Daniel, je pris la décision de ne plus me consacrer qu'aux luttes – toutes aussi dangereuses en fait – du show-business. Et je n'ai donc plus jamais porté d'arme. Après les voyous… les stars !

Juillet 2004.

C'est une chaude journée au soleil de Pampelonne. Nous prolongeons tard dans la nuit ce moment de détente sur ma terrasse, avec quelques copains de l'été.

Après le traditionnel coucher de soleil qui met le feu au golfe, nous sommes à l'heure des alcools et des confidences…

La conversation est plus feutrée. La nuit nous ne sommes plus les mêmes. Sur ma platine C.D. : My funny Valentine de Chet Baker, suivi de Tenderly de Nat King Cole, et September in the rain de Frank Sinatra.

Troisième bourbon… même marque que celle préférée par le crooner bien sûr. J'écoute distraitement mes invités parler de leur vie. Ils ont croisé deux ou trois personnalités et racontent. Je coupe, un peu frime, un peu nostalgique, et je les étonne avec quelques anecdotes plus intimes concernant ces mêmes personnalités que j'ai moi-même connues. On m'écoute, intrigué puis passionné et, comme à chaque fois, l'un d'entre eux ne peut s'empêcher de me dire :

– Tu sais… tu devrais faire un livre… avec tous ces gens que tu as côtoyé !

– Elle intéresserait qui, ma vie ?

– Mais tout le monde ! Elle ressemble à un roman, ta vie.

Et voilà ! La phrase était lâchée. J'ai pourtant longtemps refusé d'écrire pour raconter ma vie… ma double vie en fait. Je trouvais que c'est le comble de la prétention de croire intéresser les autres avec ce qu'on a vécu. Et puis l'envie a grandi. Prétention ? Au moins pour raconter un peu de ma vie à ma fille qui m'a si mal connu. S'agit-il d'un roman ou d'une autobiographie ? Tout est vrai : les faits, les événements, les lieux, les dates et même, quand c'est possible, les noms. Parfois, je ne livrerai qu'une initiale parce que révéler un nom peut s'avérer vraiment risqué. Pour la personne citée autant que pour moi. La plupart des personnages rencontrés dans ma vie, je peux les citer, car ils sont morts. Ni délateur, ni juge mais fasciné, passionné, par ces grandes figures que j'ai croisées, je souhaite, à mon échelle, être le témoin privilégié, parfois peut-être même complice, de ces deux mondes à part, celui des stars et celui des voyous, que j'ai eu la chance de croiser.

J'ai vécu au milieu des deux, oscillant toujours sur la ligne frontière, sur la limite mal définie qui sépare le bien et le mal, le strass et les flingues. Deux mondes, deux vies. Le jour et la nuit. Un vrai docteur Jekill et mister Hyde.

Première partie
Marseille

« Ma jeunesse ne fut qu'un ténébreux orage traversé ça et là par de brillants soleils. »

Charles Baudelaire.

CHAPITRE 1
JE SUIS NÉ À MARSEILLE...

« Naître à Marseille n'est jamais un hasard »

J.-C. Izzo.

Je suis né à Marseille en juin 1936, avec les congés payés. Mais, comme le dit Izzo : « naître à Marseille n'est jamais un hasard ».

Je vais faire le plus court possible.

À près de soixante-dix ans, j'ai peu de souvenirs de mon enfance. La mémoire flanche de plus en plus ! Je revois quand même le kiosque, au coin de la rue de Ponteves et du boulevard de Paris avec son étalage d'illustrés : *Robinson*, *Mickey*, *Aventures*... Le « roi de la prairie », Mandrake, Guy l'Eclair, ont, les premiers, fait voyager mon imagination.

J'entends le bruit des bottes allemandes marchant au pas de l'oie et remontant le boulevard de Paris lors de l'arrivée des troupes nazies à Marseille.

Tout le quartier était à ses fenêtres et, au son lugubre de ce martèlement, nous imaginions de terrifiants guerriers. Tout le monde était en dessous de la réalité. C'est tout pour cette époque !

Mon père était représentant de commerce. Lyonnais égaré au pays du soleil pour raison professionnelle. Il fit la rencontre de ma mère, Ajaccienne ancrée au sein d'une famille corse et traditionnelle, ayant émigré à Marseille. Elle était sage-femme – comme la mère du crooner –, et a accouché la plupart des gitanes de l'enclos Peyssonnel situé entre le boulevard de Paris et la Belle-de-Mai.

Quand un heureux événement se présentait, un trio de gitans se pointait à notre domicile pour amener ma mère auprès de la femme dans les douleurs. C'était la garde personnelle de ma mère, armée de gourdins et de couteaux :

– Pour la sécurité de l'accoucheuse !

Ma mère était vénérée par eux, car elle n'était pas regardante sur les honoraires et mettait les enfants au monde sans jamais de problèmes sérieux.

Souvent, quand nous rencontrions des gitanes vendant des tissus ou disant la bonne aventure sur le boulevard de Paris, elles embrassaient la main de ma mère et me couvraient de bénédictions, riant de ma peur de les rencontrer.

En 1943, recherchés par les Allemands pour cette aide à un peuple proscrit, nous avons fui Marseille, direction Cours, petit village aux environs de Roanne pour habiter une vieille caserne transformée en appartements par les maquis de Saône-et-Loire.

Je me souviens de la neige envahissant les longs chemins de campagne que j'empruntais pour aller à l'école du village.

Je me souviens aussi des raids aériens allemands sur la région. Au moindre bruit suspect de camion, les hommes se précipitaient sur les armes, femmes et enfants restés cachés dans les caves. La rumeur « Oradour »…

Au premier moteur d'avion, nous courions nous coucher dans les champs, le long des ornières. Les avions passaient, mitraillaient parfois, puis repartaient, nous laissant terrifiés et à chaque fois étonnés de se retrouver vivant !

Je suis né un 7 juin !

Je me souviendrais toujours d'un anniversaire en particulier. Nous étions quelques-uns, avec mes parents et deux ou trois amis, à le fêter modestement, quand la radio annonça le débarquement allié sur les côtes normandes. Le silence qui suivit ne dura que quelques secondes mais nous parut plus profond que jamais. Puis tout le monde cria, s'embrassa et pleura de joie. Depuis lors, à chacun de mes anniversaires, je repense à ce moment, et à nos larmes de bonheur.

La guerre est finie. Retour à Marseille.

CHAPITRE 2
GRACIEUX LAMPERTI

« À Marseille, même pour perdre,
il faut se battre... »

J.-C. Izzo.

Il n'y a pas de hasard, pas de coïncidence... Tout se tient, tout est écrit !

Mes parents trouvent un appartement à la Plaine, quartier populaire composé de familles travailleuses et commerçantes vivant autour d'une place ou se tiennent les marchés forains le matin, et les parties de foot ou les bastons, le soir, après la sortie des classes.

Les classes, parlons-en !

Tout près se trouve le Lycée Thiers. C'est donc là que je ferai mes études. Le concierge du lycée s'appelle Lamperti. Il est corse bien sûr et père de nombreux enfants dont cinq fils, tous plus terribles les uns que les autres. Le père, au contraire, est adorable.

Au titre de la solidarité insulaire, il ne laisse pas ma mère attendre les professeurs dans les couloirs emplis de courants d'air. Il la fait entrer dans sa loge et ils parlent du pays.

Je suis en classe avec un de ses fils : Gracieux, Jojo pour les copains. Il est avec son frère cadet la terreur de nos récréations. Les « atomes crochus » entre nous ne viendront que quelques années après. Mes copains de classes étaient arméniens, napolitains, vietnamiens, juifs ou africains. Nous ne tenions pas compte alors de nos différences. Nous étions tout simplement marseillais.

Le lycée ne me branche pas particulièrement. Doué en français et latin, je récite du Prévert en classe, le faisant découvrir à mes petits camarades. Je cite Sartre (mais oui…) ou Camus dans mes rédactions, et le reste du temps je rêve !

Arrive le baccalauréat, puis six mois de droit à l'université, pour voir. Et puis rien, sinon l'unique envie de faire l'artiste !

À la sortie des cours, j'achète rue Montgrand les derniers 78 tours d'Yves Montand qui chante Prévert et Francis Lemarque, ou Mouloudji et son « P'tit coquelicot ». J'ai envie d'écrire des textes comme les auteurs que je découvre, et de les chanter en imitant Mouloudji dont la voix et « l'ambiance » qu'elle inspire me fascinent. Je vais y parvenir grâce au *Saint James*, club existentialiste situé rue Venture à Marseille.

Toutes les fins d'après-midi, nous nous y retrouvions quelques-uns, amateurs de jazz, pour écouter les derniers enregistrements U.S. ou des musiciens marseillais qui allaient faire parler d'eux dans le futur. Il y avait les pianistes Léo Missir et Henry Byrs, le batteur Belloni et les meilleurs danseurs *be-bop* de France, dont un certain Lucien Aimeblanc, qui sera célèbre beaucoup plus tard, mais en qualité de grand flic de l'Anti-gang.

C'est là qu'on rencontrait nos petites amies. Nous faisions leur connaissance dans les longues séries de *slow* qui coupaient les exhibitions frénétiques de nos danseurs. J'y ai rencontré mes deux premières femmes. C'est encore là, plus tard, lorsque le dancing s'est transformé en restaurant-snack de nuit, que j'ai rencontré chaque nuit, les Tany, Robert Le Noir et autres, qui ont tant marqué ma jeunesse.

Encouragé par mes parents à trouver du travail mais ne sachant que faire, je décide tout d'abord de me débarrasser de mon service militaire en m'engageant pour l'Algérie. Porté absent au conseil de révision du 27 octobre 1955, je m'engage finalement le 8 décembre de la même année. Nommé caporal le 1er avril (j'étais maintenu sous les drapeaux à cause de la guerre d'Algérie), je suis finalement démobilisé le 13 décembre 1957. J'ai 21 ans.

L'Algérie, je n'y suis finalement pas allé, gardé à Sainte-Marthe, base de l'armée de l'air à Marseille, pour jouer au football, grâce à un colonel sportif qui voulait pour son club les meilleurs joueurs de la région afin de remporter le championnat de France interarmes.

Je me débrouillais plutôt bien mais je n'ai cependant jamais joué dans son équipe qui avait le niveau « pro ». On y trouvait entre autres, Banide dans les buts, futur entraîneur de Monaco, Tournier, joueur professionnel à Sochaux, Lucien Cossou, avant-centre de l'équipe de France ayant marqué trois buts face aux Anglais lors d'un match décisif.

Je connaissais bien ce dernier pour l'avoir souvent affronté lors des matchs de jeunes Smuc-Endoume.

Il y avait aussi un joueur de l'OM (Meano), un autre d'Aix qui jouait encore en première division, et même quelques-uns de Lyon ou de Monaco.

Pour ma part, je me suis contenté d'être vaguemestre dans une caserne de la Canebière, mais un vaguemestre assez turbulent pour aller en prison. Motif : « a bousculé son adjudant-chef et cassé le mobilier du bureau dans une crise de colère ».

Le fait le plus important pour moi, durant mon service est que je me suis marié le 10 avril 1956 à Eliane Gregori et que nous avons divorcé immédiatement après. Notre mariage aura au total duré moins que mon service militaire.

Cette union est une folie. Pour m'épouser, la jeune femme doit d'abord divorcer d'un homme brillant, avocat pénal déjà très en vue au barreau de Marseille et proche de la mairie. Avisé de l'affaire, l'avocat envoie à ma poursuite une équipe de gros bras pour me secouer un peu. Ce sont des repris de justice, certainement choisis parmi ses clients mais comme tout se tient, pas de hasard, pas de coïncidence, les garçons font partie de mes compagnons de nuit. Devant le sérieux de la liaison, ils m'ont simplement fait la leçon en me demandant d'être plus discret.

Divorcer d'avec moi était ce qui pouvait arriver de mieux à cette jeune femme, corse du sud, que j'ai revu plus tard avec beaucoup de plaisir.

Je suis libre, sur le pavé de Marseille, à 21 ans avec plein de chansons dans la tête mais aussi avec de très mauvaises fréquentations. Je vis la nuit, je traîne le jour et je fais quelques rencontres importantes. Des rendez-vous !

D'abord Léo Missir. Je le revois, et j'écris avec lui mes premières chansons qui vont être rapidement enregistrées chez

Barclay. Ceci, grâce à Léo qui y travaille en qualité de directeur de production. Il ne cessait de me répéter :

– Quitte Marseille, viens à Paris, tu verras…

Mes nouvelles fréquentations sont plus attirantes pour le moment. Pendant un temps, je vais oublier la chanson et Paris.

Les maîtres de Marseille en cette année 1958 étaient corses. C'étaient les Guérini. Mais s'ils étaient encore les rois de la ville, les vrais princes étaient ailleurs. D'une part il y avait les Francisi au profil d'hommes d'affaires et d'intellectuels qui commençaient à faire de l'ombre aux maîtres, et d'autre part la bande des Napolitains, Tany Zampa et ses quarante voleurs, appuyés de plus en plus par ceux des *Trois canards*.

Tany et les siens ont à peu près mon âge et j'adore les fréquenter. Ils règnent en seigneurs au *Vamping*, dancing du bord de mer sur la plage des Catalans et dans les petits bars du vieux port et du panier. Ils sont voyants et turbulents, volontiers bagarreurs et déjà casseurs réputés. Ils circulent en voiture américaine décapotable.

La nuit, au snack du *Saint James*, je retrouve tout ce petit monde devant un plat de spaghettis de Mamie Arnaud. C'est là que Robert Le Noir, Bébé Darmon ou Francis Le Rouge deviennent rapidement mes grands copains.

Autour de Tany, le plus médiatique, on trouve aussi ses fidèles Raff, Bimbo ou Jeanneot Toci.

Déjà on sent, on sait, que ces jeunes loups vont prendre le pouvoir dans le Milieu un jour ou l'autre. Du moins les survivants ! Les Guérini le savent aussi !

À ce moment Gracieux Lamperti devient boxeur. D'abord brillant amateur, il décroche le titre de champion de France de sa catégorie, les « coqs ». Puis il devient « plume » en passant professionnel, et son punch ravageur fait des dégâts sur les rings européens.

Nous commençons, chacun à sa façon, à nous faire connaître et nous sentons bien que nous sommes appelés, évidemment, à nous rapprocher. Le souvenir de notre enfance tumultueuse, nous incite à nous fréquenter plus souvent. Gracieux est redouté, même hors des rings. Il aime la bagarre, la provoque souvent et sur un seul coup, il est capable d'abattre n'importe quel adversaire. Il a l'arme magique des boxeurs privilégiés : le punch !

Sa notoriété dépasse largement Marseille et quant à moi mes chansons sont enregistrées à Paris par la maison Barclay. L'idée nous vient donc naturellement d'une chanson sur la boxe. Moi qui, depuis quelques mois, ai laissé la chanson de côté, je m'y remets pour lui.

J'écris quelques couplets qui racontent son futur championnat du monde. Le quotidien *Le Méridional* immortalise l'événement avec notre photo sous le titre : « Vas-y champion du monde ». Le journal ajoute une réflexion du boxeur : « c'est un peu prématuré mais c'est drôlement bien ».

En janvier 1960, je chante cette chanson devant trois mille personnes à l'Opéra de Marseille, lors d'un gala en faveur des sinistrés de Fréjus.

C'est le début entre Gracieux et moi d'une véritable et sincère amitié et d'une réelle complicité.

Pendant quelques mois, nous allons nous rencontrer tous les jours. La première fois où je vais chez lui, dans son appartement du haut de la Canebière, je suis surpris de voir sa femme Janine, une ex-miss Marseille, mettre une dizaine de couverts sur la table de leur salle à manger.

– Tu vas voir, à midi, les pique-assiettes et les tapeurs vont arriver !

Janine a raison. Ce jour, comme tous les autres jours, ils arrivent… Ceux qui passent par là, par hasard, pour saluer Gracieux, et qui ont vu l'heure, restent pour déjeuner. Quand les temps sont durs, un déjeuner chez Lamperti, ça ne se refuse pas ! En vérité, ce sont les Restos du cœur avant l'heure.

Et puis arrivent ceux qui ont une idée géniale, mais pour la réaliser et « gagner beaucoup d'argent », il faut justement un peu d'argent. Et de l'argent, eux, ils n'en ont pas ! Enfin, il y a les autres. Les tapeurs professionnels.

– Jojo, prête-moi un peu de blé, hier j'ai perdu au poker… ou aux courses… ma voiture est en panne…

Bref, Gracieux, champion d'Europe dont les cachets commencent à être importants, subventionne amicalement, à fond perdu, chaque fois qu'il le peut, ses potes dans le besoin, au grand dam de Janine qui fait les gros yeux chaque fois que Gracieux raccompagne un pique-assiette jusqu'à l'ascenseur.

Quand on reste enfin seuls, tous les deux, on peut partir en virée. Les boîtes, les flambes, les filles, les après-midi de Marseille sont pleins de surprises.

Mais, immuablement, le soir vers 19 heures, on rejoint la salle d'entraînement du Ring Provençal au Boulevard Chave. Là, c'est une autre vie.

Univers dur et sans pitié où se livraient parfois des combats terribles n'ayant rien à voir avec le noble art ou l'entraînement, simples règlements de comptes à mains nues.

Pendant que Gracieux essaie de parfaire sa forme sous les ordres de son entraîneur Barba dans la salle en sous-sol, je prends l'apéro avec un de ses frères. La famille Lamperti est solidaire et Gracieux en est l'axe central.

Un soir, après l'entraînement, Gracieux à l'œil au beurre noir, ayant négligé de mettre un casque pour les assauts avec les gants. Ça tombe plutôt mal. Le soir, on est attendu au Casino de Cassis pour le récital d'un Sacha Distel en plein succès des « scoubidous ».

À notre arrivée, Gracieux est applaudi comme une star. Plus tard, entre deux chansons, Sacha lui adresse un petit compliment. Ensuite, nous rejoignons la salle de jeux, après un détour par la loge de l'artiste, félicitations obligent.

J'ai parlé jusqu'à présent des qualités de Gracieux, son cœur d'or, son courage, sa disponibilité... mais il a aussi, comme tout le monde, des défauts.

En plus de son tempérament querelleur, il est chambreur et malheureusement flambeur. Je suis effaré des sommes qu'il laisse sur les tapis verts des casinos ou qu'il joue dans les arrière-salles des petits bars où nous passons. Cela nous vaut une nuit particulièrement chaude. On va dans un de ces tripots nocturnes fréquentés essentiellement par les joueurs professionnels ou les malfrats.

Dès qu'on arrive, j'aperçois Zampa à la table des joueurs lancés dans un gros poker et bien sûr, Gracieux se dirige vers la table.

Le voyou, frimeur, nous dit à peine bonsoir et replonge dans ses paires et ses carrés. Gracieux, un peu vexé, attend et la vanne arrive, que je redoutais. Il appelle le patron et lui demande si la climatisation est branchée.

– Bien sûr, Jojo, pourquoi ? répond le taulier prudent qui sent la suite arriver, menaçante.

– Parce que j'ai l'impression que Tany a froid.

Un ange passe dans la salle, mal à l'aise. Les joueurs ont tous tourné leurs regards vers nous, dérangés dans leur extrême concentration par la conversation, puis soufflés par l'audace de Gracieux.

Tany, principal concerné, ne relève pas mais défie mon ami du regard. Celui-ci, pas démonté du tout, continue, s'adressant à Zampa directement :

– Je sais pas moi... on dirait que tu as des frissons...

Gracieux a son sourire narquois, mauvais signe de ses éternels défis. Et puis il ajoute ce qu'on redoute tous, la petite phrase assassine :

– Alors, ou c'est le froid ou tu roules des mécaniques...

Sciés... nous sommes tous sciés... Gracieux est fou, Tany est armé, et même à poings nus, il est redoutable. Vu sa réputation, il ne peut pas laisser passer... Dans un éclat de rire, le voyou lâche pourtant, parlant de Lamperti :

– Qu'est-ce qu'il est con ce mec !

Le ton est presque amical. Pendant un instant Tany a hésité entre prendre au sérieux la vanne de Lamperti ou tourner l'incident en dérision. Sage et prudent, il a choisi la deuxième solution. Il n'y a rien à gagner à mal le prendre !

Soulagés, tous les spectateurs de l'échange éclatent de rire. Mais je sais en réalité qu'entre les deux garçons, ce ne sera jamais le grand amour. Gracieux est trop arrogant et sans peur devant les voyous. Il ne sera jamais vraiment aimé d'eux. Face à lui, ils ont trop à perdre, trop à redouter, ne serait-ce que l'humiliation d'une raclée. Les mauvais garçons savent qu'ils ne lui font pas peur. Du moins, les mauvais garçons marseillais.

Ce n'est pas le cas de Christian D., qui s'enfuie le 2 novembre 1966 d'un bar de la rue Armaille à Paris. Ce voyou parisien s'échappe ce jour-là d'une rafle en tuant l'inspecteur de police qui venait le contrôler. Il faut dire que le flic fait une énorme gaffe. Après avoir vérifié l'identité de D., en complet veston au comptoir, il ordonne au truand d'aller récupérer son imperméable au porte-manteau de l'entrée. Mais dans la poche du vêtement, il y a un flingue. Le voyou qui ne veut pas être embarqué dégaine puis tire et, dans la confusion, il s'échappe.

Il se réfugie à Marseille, en attendant son départ vers l'Amérique du Sud, assisté dans sa fuite et son hébergement par les Guérini, d'après la rumeur… Fin 1966, je quitte provisoirement Paris et navigue entre Aix et Marseille. Je renoue alors avec Lamperti et les autres… La nuit, je suis souvent en balade avec Gracieux.

Une de ces nuits-là, Gracieux a rendez-vous avec la mort. De son duel, c'est lui qui va gagner la première manche avec son sourire narquois et sa chance insolente. Voilà l'histoire telle qu'on la raconte dans les bars de Marseille. Une nuit, dans un bar du quartier de l'opéra à Marseille, Christian D. a un peu trop bu. Surnommé « l'Ennemi public n° 1 » par la presse, accoudé au comptoir, il roule et provoque. Nos virées nocturnes se terminent souvent à cet endroit et ce soir-là c'est d'une main déterminée que Gracieux pousse la porte. Le choc ne peut pas ne pas avoir lieu. Christian, le voyou, armé jusqu'aux yeux, balle engagée dans le canon, est sûr de lui. Gracieux, agacé par l'attitude arrogante du voyou ne peut s'empêcher de le chambrer. L'ambiance monte… dangereusement !

À croire que Scorcese était présent. Il a parfaitement décrit ce genre de scène dans *Les Affranchis*, le film qui me fait tant penser à ma jeunesse marseillaise. Finalement, Christian D. irrité par la témérité de Gracieux et chauffé par les pastis qui se sont succédé sur le comptoir, pète les plombs, sort son flingue et braque tout le monde. Calibre au poing, il est vindicatif :

– Tout le monde à genoux, bande d'enc… !

On le sent prêt à tirer. Chacun prie pour que Gracieux n'en rajoute pas et ne fasse pas de geste brusque. À deux doigts du massacre… Un « bar du téléphone » avant l'heure !

Le flingue au poing, le voyou perd de sa vigilance, trop sûr de lui. Soudain, vif comme l'éclair, Gracieux frappe le bras tenant l'arme en se relevant d'un bond. L'arme tombe sur le carrelage et glisse à l'autre bout du bar. Les mouches ont changé d'âne ! Gracieux, déchaîné, massacre de droites et de gauches le tueur surpris.

Si on peut craindre la suite de cet « incident » pour Gracieux, je pense que quand D. a raconté, à sa manière, la soirée aux Guérini, ceux-ci connaissant Lamperti ont dû se contenter d'un :

– qu'il est con celui-là !

À la manière de Tany… Ils ont probablement fait ensuite le nécessaire pour étouffer l'instinct de vengeance du tueur. Dans sa position, à l'époque, Christian D. avait tout intérêt à la plus grande discrétion.

Plus tard, les combats de boxe à l'étranger ont éloigné Gracieux de Marseille. Je ne l'ai revu que des années après, à

Paris, en compagnie de Henri Cogan qui s'occupait des cascades d'Eddie Constantine dans les films de *Lemmy Caution.* Les deux lascars étaient venus me voir au cabaret *Le Tire-bouchon* et m'avaient confié en riant combien l'acteur collait peu au rôle, tremblant qu'il était à la moindre scène d'action.

J'ai revu Lamperti en 1972 lors du tournage de *Les Hommes* durant lequel, hélas, un incident, très indépendant de ma volonté, nous opposa. J'en parlerai plus longuement dans les pages consacrées au film. Ma dernière rencontre avec Gracieux, c'est lors d'un passage à Marseille. J'avais invité Franck Fernandel et sa femme à dîner chez mon ami Robert Le Noir, dans son restaurant *Le Mas*, à l'Opéra. Je voulais fêter les belles ventes du disque que j'avais produit, *L'Amour interdit*, qui parle d'adultère. À peine sommes-nous installés en fond de la salle que Gracieux entre dans le restaurant. Nous ne nous étions pas revus depuis l'incident du film. Il me voit et vient immédiatement vers notre table. Il connaissait bien Franck. Je le reconnais à peine. Il a beaucoup changé et je sais que la vie n'a pas souvent été rose avec lui après la boxe.

Les championnats du monde et notamment les matchs contre son ennemi mortel sur le ring, Davey Moore, ont été cruels. Puis ce furent les combats sans pitié contre des boxeurs d'Amérique centrale qui laissèrent des traces. Dans le milieu, il se murmure qu'il les a livrés sans véritable préparation, sans manager, et par besoin d'argent.

Je lui propose du champagne mais il décline, se disant attendu. Puis, avec son fameux sourire narquois, il me dit :

– Je vais te faire un cadeau.

Et il me donne un billet de son dernier championnat du monde, qu'il sort plié de son portefeuille. Toujours chambreur, il ajoute :

– C'est pour te remercier de ta chanson !

Puis, il disparaît dans la nuit marseillaise, sortant rapidement du bar, sans doute pour ne pas me parler de ses problèmes, et refusant mon invitation à dîner en notre compagnie. Plus tard, j'ai appris incidemment sa mort sans l'avoir plus jamais revu. Mais j'ai gardé le billet. Un trésor !

CHAPITRE 3
ROBERT, FRANÇOIS, BÉBÉ, PHILIPPE ET LES AUTRES...

Les quatre années qui ont suivi ma libération militaire ne me voient pas faire de grands efforts. J'écris quelques textes que Léo Missir, dès réception, convertit en disques chez Barclay. Nos interprètes n'ont pas de grand nom. Ce sont des jeunes qui tentent une percée parisienne comme les Hi-Fi, Sylvana Blasi (l'épouse de mon futur copain Francis Linel) ou Serge Lenormand.

La seule rencontre importante de ces années 1957-1961 restera Lamperti. Le seul soleil que je croise. Puis d'autres sont venus. Mes astéroïdes des années difficiles. Quatre ou cinq méritent d'être cités ou explicités.

Les voilà, en vrac, avant d'être oubliés, les Robert, François, Bébé, ou Philippe Lemaire, sans passer à côté d'un oncle pittoresque et quelque peu pygmalion malgré lui.

Quant aux filles de cette période, elles passent sans laisser de trace indélébile. Tout au plus, je citerais une amitié avec Claire, danseuse classique, et mon deuxième mariage !

Le 24 février 1959, je me marie pour la deuxième fois, à vingt-trois ans. À l'origine, elles étaient trois. J'ai flirté avec la première qui m'a présenté la deuxième devenue ma première épouse. La troisième copine deviendra ma deuxième femme. Le jour où je les ai connues, toutes les trois ensemble, j'ai bien fait de passer !

Ma deuxième femme s'appelle Mimi et travaille dans une administration depuis toute jeune. Elle n'a rien à voir avec le milieu artistique ou les voyous. C'est sans doute pour ça qu'à ce moment-là, ça a collé entre nous.

Nous restons à Marseille jusqu'en 1961, puis nous partons nous installer à Paris. Motif officiel de notre départ : l'ambition de réussir dans la chanson. Et les exhortations de Léo Missir pour venir le rejoindre vont dans le même sens.

Je crois surtout que je commence à trouver Marseille trop chaude. Le sort respectif de Robert et de François est un signe. Si je ne pars pas à ce moment-là, je risque de ne le faire jamais.

Je ne me doutais pas alors que j'allais bientôt croiser des stars comme Piaf, Kirk Douglas, Tony Curtis, ou travailler avec des gens comme Claude Lelouch, Anthony Quinn, Sylvia Krystel, Claudia Cardinale, sans oublier ce rendez-vous incroyable avec Frank Sinatra à Tokyo. Mais, pour l'instant, revenons à Robert, François, Bébé et les autres…

Philippe Lemaire.

P…, qu'il est beau ! Beau comme un camion quand je le rencontre une nuit au *St-James.*

Beau, jeune et pas con ! Pourtant, attention, je n'ai vraiment aucun penchant pour les mecs. En pleine gloire naissante, Philippe Lemaire va au Festival de Cannes et il en profite pour faire un détour par Marseille. Comme tous les artistes de passage, au milieu de la nuit, il atterrit au *St-James.*

Il faut croire que la caméra ne l'aime pas particulièrement car dans la vie, il ne ressemble pas du tout au jeune premier mièvre des comédies où il s'est fait un nom et qui l'ont amené jusqu'à ce mariage inattendu avec la prêtresse de l'existentialisme Juliette Greco.

Greco, je l'ai rencontrée quelques mois avant, un soir dans les coulisses de l'Alcazar. Elle m'y avait laissé les traces de son visage comme une dédicace sur une chemise blanche où un copain m'avait peint des danseurs de *be-bop.*

Pour en revenir à Philippe Lemaire, je dirais qu'il a une étonnante et indécente beauté et un sourire de carnassier. Rien d'existentialiste. Un *golden boy* !

Une connaissance commune nous a présentés et il s'assoit à ma table, sans aucun doute attiré par Fanfan, la ravissante créature qui m'accompagne. Elle a vingt ans, est eurasienne, ex-Miss Marseille, comme la femme de Lamperti et elle aussi, elle est belle à mourir. Les regardant tous les deux, je me fais la réflexion qu'ils iraient bien ensemble. Eux aussi doivent le penser car, le lendemain, sans que je me doute de rien, ils se tirent ensemble à Cannes, au festival. Plus de nana ! Mais, deux jours après, j'éclate de rire en lisant dans les échos de la croisette que Fanfan a planté Philippe Lemaire et qu'elle s'est tirée vite fait aux USA avec un autre mec. Pas n'importe lequel... Marlon Brando.

C'est l'histoire de l'arroseur arrosé pour Lemaire. Mais pour Brando, c'est un mythe, c'est Hollywood. Ça ne se refuse pas. Fanfan deviendra plus tard célèbre sous le nom de France Nguyen et jouera longtemps les princesses des îles dans des films en paréo où un blanc perdu dans l'océan débarque sur une île au milieu des pagnes et des Ukuleles pour y trouver l'amour. On la verra même dans un épisode du beau capitaine Troy.

Philippe Lemaire et moi avons été parmi ses bonnes étoiles, la projetant vers les rendez-vous de sa vie et vers sa réussite.

Philippe Lemaire, en revanche, ne vieillira pas aussi bien. Divorcé de Greco, il vivra une longue traversée du désert, réapparaissant de temps à autre à l'écran mais dans des rôles différents, de « lâche » ou de « vieux beau », avant de se suicider en se jetant sous un métro au début des années 2000. Ce garçon a dû être très malheureux pour connaître une fin si désolante. J'en garde personnellement le souvenir mi-ébloui, mi-amusé de quelqu'un qui valait mieux que sa légende.

Mon oncle.

Parfois, riant, je disais à ma mère :

– Tu es sûre que je suis ton fils ? Je ne suis pas plutôt celui de ton frère ?

Mon oncle était quelqu'un de spécial. Un peu marlou, un peu farceur, mélange de Borsalino et d'Arsène Lupin. Il était le vilain petit canard de la famille, qui avait mal tourné, fait de la tôle, échappé à un règlement de compte grâce à ma mère. Bref, il détonnait dans une famille où les oncles par alliance, du côté ma mère, étaient chirurgiens ou pharmaciens.

C'est pour ça que je l'aimais bien. Pour ça et pour le rêve qu'il m'avait mis dans la tête.

Entre deux embrouilles, il venait faire des travaux de peinture à la maison. Je m'asseyais alors entre les pots et les pinceaux et je l'écoutais pendant des heures.

C'est lui qui m'a fait aimer la boxe en me racontant à sa façon les combats de Dempsey ou de Joe Louis. Parfois je me demandais même s'il ne se moquait pas de moi en me citant les Kid Chocolate ou Omar Le Noir. Mais quand il repartait vers ses aventures, je connaissais les boxeurs et leurs titres. Où était la part du réel et de l'imaginaire, j'étais incapable de la situer. Mais le savait-il lui-même ?

Il m'a légué sa passion pour Arsène Lupin et m'a ainsi encouragé à dévorer tout jeune les nombreuses aventures du gentleman-cambrioleur. Ses frasques l'ont petit à petit éloigné de la maison mais je pense qu'il avait bien planté sa petite graine dans ma tête d'enfant.

Lorsque j'ai tourné le film *Les Hommes*, il nous avait malheureusement déjà quitté définitivement mais j'ai eu le grand bonheur de pouvoir confier à son fils André le rôle du tueur de Bozzufi. Cette séquence reste pour moi comme un clin d'œil à mon oncle.

Bébé.

C'était un voyou. Un vrai, un des quarante voleurs de Ali Baba Zampa. Je le savais casseur et proxénète. Il était petit, large d'épaules, et un peu fou. C'est sans doute pour cette raison qu'entre nous ça a marché immédiatement. Il était réputé pour ses bagarres du petit matin, quand les coups de crosse volent bas.

Parmi ses folies, un pari, perdu, lui valu un jour d'être obligé de se tondre ses cheveux épais et bruns, ressemblant avant l'heure à Barthez.

Il a marqué ma jeunesse car, en plus de notre empathie réciproque, nous avons vécu ensemble deux ou trois embrouilles, pas graves mais qui ont frôlé « la correctionnelle ». Du moins pour moi.

La première est une histoire de nana. Celle avec qui je sors à l'époque s'appelle Viviane. Elle est brune, belle, et s'habille très moulée, de sorte que nul ne peut ignorer sa belle poitrine et ses fesses rebondies. Une vraie fille du sud ! Tous les soirs, à l'apéro, elle me rejoint en boîte et reste deux ou trois heures. Ensuite, pour rentrer chez elle à Endoume, si je ne la raccompagne pas, elle prend le long Cours Pierre Puget.

Bébé, en bon proxénète, a vite remarqué un aussi joli petit lot et parfois il la suit en voiture dans l'espoir que, fatiguée, elle accepte de faire le trajet auprès de lui. Elle finit par se plaindre auprès de moi des assiduités de mon copain et je me dois de réagir. Je prends mon courage à deux mains et un soir, je trouve Bébé dans une boîte de la rue Saint-Ferréol, où, tout de go, je lui demande de me retrouver dans la rue. Stupeur au comptoir. On connaît Bébé, on le sait armé, fou et plutôt dangereux.

Étonné, car nous nous aimons bien, il me suit, décontracté, pensant sans doute que je vais lui demander du blé ou lui parler d'un coup fourré. Il est à des années lumières de se douter qu'il est sur le point de se faire remonter les bretelles. Je prends toutefois des gants car je connais mon gaillard ? Je reste clair, net et précis.

– Bébé, lâche les baskets à Viviane, c'est ma nana…

Un sourire illumine sa bouille de baroudeur pour me répondre :

– Je ne savais pas que tu te la faisais, je croyais seulement que tu la draguais. Compliments… elle est belle !

En riant, il ajoute :

– Maintenant t'es prêt pour faire le mac !

Nous éclatons de rire et retournons dans la boîte. Il m'avoua par la suite que c'était la première fois qu'un mec, pas vraiment voyou, se permettait de le faire sortir pour une explication. Le coup de crosse n'était pas loin ! Notre amitié en est sortie renforcée. Même si un soir, après de nombreuses tournées d'apéro dans les bars de l'Opéra, on se retrouve malades comme des bêtes au *St-James* où nous nous effondrons dans les profonds fauteuils de l'entrée. Pendant qu'il dort, dans une sorte de coma, je suis pris de nausées telles que je n'ai pas le temps d'aller aux toilettes, en sous-sol. Je vomis sur son beau costard, sans le réveiller. Là, c'est sûr, je vais me faire massacrer.

Quand il se réveille, fou de rage et de très mauvaise humeur il hurle :

– Qui a fait ça ?

Personne ne répond. Tous sont terrorisés et me regardent déjà comme on regarde un cadavre !

Heureusement, je suis complètement remis. J'ai eu le temps de me rincer le visage et de remettre de l'ordre dans ma tenue. Sans me démonter, et avec l'appui salutaire du patron Jean Arnaud, je lui réponds que c'est un jeune qui est parti. Mais, comble de l'horreur, j'ai vomi de la bile dans son verre. Il ne s'en aperçoit pas et boit cul sec !

Jean Arnaud se précipite aux toilettes pour vomir à son tour. Écœuré, Bébé s'en va, en maugréant, pour aller se changer. Quand il revient, prudent, j'ai pris le large…

Plus tard, au moment du tournage de *Les Hommes*, à Marseille, j'ai, bien sûr, cherché à avoir de ses nouvelles. Un inconnu, sur le tournage, m'a alors répondu :

– Bébé ? Il a été flingué !

– Règlement de compte ?

– Pas du tout… il avait pour maîtresse une femme mariée à un chauffeur de taxi qui faisait la nuit. Une nuit, peut être qu'il se doutait, j'en sais rien, le taxi est rentré à l'improviste.

– Et alors ?

– Alors… un chauffeur de taxi, souvent, ça porte une arme… il les a tués tous les deux !

Amen… et ciao Bébé.

Robert et François.

Robert, c'est l'illustre inconnu, qui le restera d'ailleurs car je ne parlerai plus de lui dans cette histoire après cela. Alors pourquoi lui ? Parce que je l'aime bien, qu'il est sympathique. Il a mon âge, a fait son service militaire à mes côtés. Marié, divorcé pendant le service. Bref tout comme moi. Même style de parents, petits bourgeois, gentils, tranquilles. Même quartier : La Plaine. Comptable le jour dans une entreprise marseillaise, il creuse son sillon avec moi dans la nuit marseillaise. Et puis, crac… Le voilà, lui aussi, à la une du *Soir.* Il est tombé pour le casse de son entreprise. Coffre ouvert. Veilleur de nuit blessé. Et Robert prend dix ans.

François est tout différent. Parents séparés. Un physique d'Indien, un visage de voyou. Livré à lui-même de par sa situation familiale, il mène déjà une vie d'adulte. Il est dans l'embrouille permanente, avec tout le monde : la loi, les filles, les boulots, les mecs... Mais il a, comme moi, envie de quitter Marseille et de réussir à Paris, le goût des fringues et des belles filles. Le chasseur reconnaît le chasseur. Rapidement, on ne se quitte plus.

Trio, avec Claire, pour les petits cinés, le soir. Duo, lui et moi, pour les embrouilles. Et des embrouilles aux magouilles, des magouilles au braquage de camions, il n'y a qu'un pas, vite franchi. En vrais pieds nickelés que nous sommes, nous revendons nous-mêmes, au porte-à-porte, aux pâtisseries du boulevard de Paris et de la Belle-de-Mai, les tonnes d'amandes pâtissières tombées d'un camion... Puis François disparaît...

Un jour, deux, cinq... Je ne le retrouve nulle part. J'en arrive à envisager le flingage... la promenade en belle, la dernière... on n'a pas que des amis !

Et puis, je le retrouve... à la une du *Soir*, le quotidien marseillais. Photo de police, regard inquiet. Il est tombé pour les amandes ! Et un peu pour le reste... Rien de sérieux, mais, à Marseille, avoir sa photo à la une du *Soir* est une façon de prendre des galons dans la voyoucratie locale. Je sais qu'à l'avenir, il y fera son chemin.

De mon côté, j'attends tous les jours les condés. Si François est au trou, je vais y aller. Je n'ose en parler à mes parents. J'adore ma mère mais, à cause de ma drôle de vie, nos rapports sont difficiles.

Dans le film *Mélodie en sous-sol* de Verneuil, j'entends les dialogues mère-fils (Delon) d'Audiard :

– Mon fils, tu vas me faire mourir d'inquiétude…

– Au moins comme ça, on ne retrouvera pas l'arme du crime !

Il me semble qu'une petite souris venue de la maison a soufflé au fameux auteur le quotidien de mes rapports familiaux.

À chaque coup de sonnette, je suis catastrophé. Je me dis : Ça y est ! Les flics… et puis rien. Je passe au travers. Merci François !

Il prend un an, indulgence des juges, et les fait aux environs d'Aix-en-Provence. Le dimanche, c'est la moindre des choses, je suis de parloir avec cigarettes et magazines. Et avec le pognon pour le cantinier.

En plus, François apprend que sa petite amie s'est tirée avec un mec. Il me demande de m'en occuper. Manque de pot, ce mec fait parti des quarante voleurs d'Ali Baba Zampa. C'est un proxo, interdit de séjour. Mon intervention est mal vue et je me retrouve à nouveau avec un calibre sur la tête. Cette fois, y en a marre !

Puisque j'adore la chanson et que je commence à m'y faire un petit nom, puisqu'à cette époque-là, dans le show-business, on ne vous met pas un calibre sur la tête, je prends la décision de m'en aller de Marseille.

Je pousse ma femme, fonctionnaire, à demander sa mutation pour Paris et, en attendant, je me prépare à partir le premier pour « défricher le terrain ».

J'active mes copains journalistes pour qu'ils me prennent une photo de notre départ, Gare St-Charles, devant le train pour Paris. Comme ça, tout le monde est prévenu. Le changement d'air va me faire du bien. La photo sort dans *Provence Magazine* d'octobre 1960.

Si je ne pars pas maintenant, je ne partirai plus. Malgré mon attirance pour la dérive et le *border line*, il est temps de réagir.

Les Robert, Bébé, François ou Léo Missir ont été mes premiers astéroïdes.

Deuxième partie
Paris (ou l'ambition)

« On ne va jamais aussi loin que quand on ne sait pas où on va. »

Cromwell.

CHAPITRE 4
JO RENUCCI

Paris, j'y étais déjà allé, à seize ans, pour voir, avec un copain pianiste et compositeur : Michel Renucci. Pour dormir, on prend des chambres dans un petit hôtel de la rue Dauphine où nous pouvons croiser, parmi nos voisins, Chet Baker. Dans la journée, un point de chute : l'oncle de Michel.

L'oncle... c'est Jo Renucci ! L'homme du *Combinatie*, l'associé français de Lucky Luciano. Il a un restaurant aux Champs-Élysées avec lumières tamisées et ambiance feutrée.

Avec nous, il est super-gentil mais reproche gentiment à son neveu son allure de poète, ses cheveux longs et sa chemise à fleurs :

– Regarde ton ami Léo, lui au moins il a l'air d'un mec !

Nous nous apercevons bien vite que notre niveau, dans la chanson, tient de l'amateurisme en comparaison de ce que nous voyons et entendons dans les différentes auditions des cabarets parisiens. Peu à peu, le soir, nous préférons rester au restaurant de l'oncle Jo, avec ses clients célèbres et ses belles putes.

Parmi les clients, il en est un qui partage souvent nos repas du soir dans le salon privé du restaurant : Jean Nohain, qui vient après le spectacle, accompagné chaque fois du fidèle Fernand Reynaud, débutant, qui teste sur nous les sketchs qui le rendront célèbre.

Jo Renucci me propose de commencer quand je veux à la *Villa d'Este* :

– Je téléphone et tu passes !

Je n'en doute pas un instant mais je refuse car je ne me sens pas à la hauteur. Quand nous annonçons notre retour sur Marseille, Jo nous fiance une dernière fois avec les plus belles de ses « hôtesses » et nous quitte sur un :

– Allez… travaillez et revenez, je vous aiderai.

Je ne sais pas, alors, que bien plus tard, le film que j'écrirai et que je tournerai parlera de son aventure du « *Combinatie* ».

Je suis heureux de retrouver Marseille et la sœur de Michel, Annie, belle brune et corse au sang chaud qui va un moment occuper mon esprit avant de se marier avec un copain : Antoine Capozzi.

Je suis de retour à Paris, gare de Lyon, en 1961. Accueilli par Charly Vella, publiciste et maquettiste aux Disques Vogue et par Claude Wolf, le mari de Petula Clark.

Charly est un ami de jeunesse. Il tenait une cave « existentialiste » à Marseille près de la gare St-Charles et nous avons participé ensemble à l'élaboration du journal estudiantin de la ville : « *Cave Canem* » avec les premiers dessins de Charly et mes premiers poèmes.

Claude Wolf, je l'ai connu avec le reste de l'équipe Vogue. Quand un de leurs artistes passait à l'Alcazar, l'état-major tout entier de la maison de disque l'accompagnait. C'était le cas pour Marino Marini par exemple.

Comme ils soupaient, bien sûr, au *St-James*, on s'est rapidement lié d'amitié et, avec mon expérience de la nuit marseillaise, je devins leur fournisseur et guide en *escort-girls* et restaurants de nuit.

Mon principal client est Simon Cabat, frère du PDG et directeur commercial de la firme. Sans savoir que vingt ans plus tard, c'est dans la voiture de Simon que je vais connaître mon plus terrible accident. Il n'y a pas de hasard, pas de coïncidence… il n'y a que des rendez-vous !

Aussi, à mon retour à Paris, c'est tout naturellement que Charly vient me chercher à la gare avec son meilleur pote, Claude Wolf.

Ils m'installent dans un petit hôtel du 15e et, deux jours plus tard, je commence à travailler dans les bureaux des disques Vogue, rue d'Hauteville, engagée par l'ami Simon Cabat. Il me propose de me loger et rapidement, je deviens assistant du directeur artistique Jacques Wolfson. Il a un flair diabolique et c'est lui qui découvre, entre autres, Jean-Claude Darnal puis Françoise Hardy. Plus tard, il va engager, pour me remplacer, un certain Jacques Dutronc. Tout se tient ! Pas de hasard.

La dernière découverte de Wolfson est un petit jeune « prometteur » et dans l'air du temps qui s'appelle Johnny Hallyday.

D'hôtels en petits studios, je m'installe dans ma nouvelle vie et décide de commencer les auditions dans les petits cabarets de la capitale, le soir, tandis que dans la journée, je fais au bureau la connaissance de Sydney Bechet, je prends le champagne avec Aimable et je déjeune d'un sandwich, sur le perron de l'hôtel particulier de la rue d'Hauteville avec le « jeune » Hallyday venu en voisin, de la « Trinité », sur sa Vespa.

CHAPITRE 5
LE TIRE-BOUCHON

Le monde des cabarets est dur à s'entrouvrir.

Les chansons écrites avec Léo Missir sont trop discographiques pour le cabaret, et les tonalités trop difficiles. Seule, la femme de Léo, Jacqueline Nero, y parvient, avec beaucoup de talent.

Je mets un an pour m'écrire un répertoire taillé sur mesure, grâce à Jacqueline Richit, jeune pianiste de talent qui, avec beaucoup de gentillesse et de dévouement, va m'aider, dans la mesure où son mari Rudy, et ses deux jeunes petites filles, ne lui prennent pas trop de temps. Comme j'aménage dans le 18ᵉ, c'est vers les cabarets de la butte que j'oriente mes efforts. Avec succès.

Les premiers engagements arrivent : *Le Tire-bouchon, Chez ma cousine, La Grange…* tous sur la butte.

Montmartre fourmille de jeunes talents. Nous nous croisons tous entre tours de chant et dîners en commun. Nous partageons nos idées, notre amitié, nos petites amies et quand nous ressortons de *La Taverne d'Attilio*, un peu ivres de fatigue et de vin rouge, la gloire nous apparaît comme l'étoile du berger qui brille dans le ciel d'hiver : brillante et lointaine !

Il y a là Francis Lai et Robert Nyel, Pierre Barouh et Bernard Dimey. Je rencontre un jeune pianiste, Noël Commaret, qui, très rapidement, se met à faire toutes mes chansons.

Il est avec Francis Lai, un des musiciens d'Édith Piaf. Après ma première télé, avec Jacqueline Joubert, les miracles s'accélèrent grâce aux *quinze* minutes d'antenne que j'ai eu. Deux chansons et une interview, et les gens me reconnaissent dans le métro…

La réussite me fait penser à une voiture sport : nerveuse, rapide, grisante et dangereuse. Après *La Villa d'Este* où je débute le soir de ma télévision et où je côtoie Isabelle Aubret et Jacques Revaux, je remplace justement Jacques à *Chez Patachou.*

Le 20 septembre 1963, je chante au gala de l'élégance et de la mode en haut de la Tour Eiffel. L'animation et le bal sont assurés par Claude Luter. Juste après mon tour de chant on me demande au téléphone. Claude Radet, le gérant du cabaret *Chez Patachou* est parvenu à retrouver ma trace. C'est un exploit à une époque où le portable n'existe pas ! Revaux est obligé de quitter le programme du cabaret et Radet me propose de le remplacer.

Le lendemain, je me retrouve aux côtés de Bernard Haller, Michel Mallory et Hugues Aufray. Au programme on trouve aussi un débutant qui a du mal à s'imposer : Henri Dès, qui, trente ans plus tard, deviendra l'idole des très jeunes à *L'Olympia.*

Je vais m'imposer chez *Patachou* grâce à l'équipe féminine du cabaret qui va devenir mon fan-club, et grâce à l'accompagnement de mon pianiste Noël Commaret, aidé de Bob et Marc Thomas. De temps à autre, Bob Seller, le mari de Georgette Lemaire, remplacera Noël. Il joue mieux qu'il ne conduit, ce qui nous voudra un terrible accident de voiture sur les périphériques parisiens.

Le monde de la nuit est étrange et l'on y fait de curieuses rencontres, comme celle que je fis un soir au *Tire-bouchon.*

Après mon tour de chant, un homme s'approche de moi alors que je me trouvais au bar. C'est un colosse, les traits burinés, les cheveux poivre et sel. Sans se présenter, il m'offre un verre et on discute de tout et de rien. Plutôt sympathique, il me dit qu'il aime mes chansons et me demande d'où je viens. Je réponds Marseille. Il a un sourire et dit : « j'en étais sûr ! »

Il reviendra plusieurs fois et fera le même rituel du verre offert et de la petite conversation, sous l'œil inquiet du patron du *Tire-bouchon* que je trouve un peu mielleux avec mon nouvel ami.

À la 4e ou 5e fois, l'homme, qui ne s'est toujours pas présenté, me dit :

– Tu sais, j'ai une boîte à Tanger… si le cœur te dit de prendre des vacances, je t'invite, voyage et séjour payé ! Tu chantes une fois ou deux et le reste du temps, tu vis… Là-bas, y a pas mal de Marseillais.

Me voyant tenté, il demande un crayon et un papier, griffonne un numéro de téléphone et un prénom : Jo.

– Réfléchis, je pars dans huit jours, si tu te décides, tu m'appelles dans les 48 heures.

– Et qui je demande ?

– Jo !

– Mais Jo comment ? Quel est ton nom de famille ?

– Tu demandes Jo !

Cette fois je sens que je dois me contenter de ça sous peine de le vexer. Toutefois il rajoute.

– T'angoisse pas, avec moi y a pas de problème ! Quand j'aime les gens, y a jamais de problème !

Puis, il s'en va dans la nuit de Montmartre, me laissant un peu surpris de cette amitié soudaine qui me rappelle fortement ma vie nocturne à Marseille.

Le patron du *Tire-bouchon*, me voyant perplexe, s'approche et me demande :

– Y a quelque chose qui ne va pas ?

– Non ! mais le mec qui vient de sortir, il m'invite à Tanger, tous frais payés.

– Pourquoi, t'es en affaire avec lui ?

– Non… qui c'est ? Il n'est pas pédé au moins ?

– Tu sais pas ?

Là, il est étonné. Je suis invité et je ne connais pas.

– Qui c'est ? Je redemande.

– Jo Attia… le plus grand truand de Paris… Et j'entends le patron conclure, admiratif, d'un :

– Il doit t'avoir vachement à la bonne !.

Je ne suis pas allé à Tanger. Pas le temps. Je n'ai plus revu Attia. Mais j'ai gardé le souvenir d'un homme chaleureux, dur et direct, au regard toujours en éveil. « Moment d'amitié spontanée et instinctive ».

Je continue les cabarets et me focalise surtout sur *Patachou* où viennent souvent des célébrités du spectacle.

Dans ce Montmartre nocturne, les rencontres originales ne sont pas rares. Il n'y a pas eu que Jo Attia. Dans le même style, il y eut également Simon Waintrob, dont nous reparlerons longuement un peu plus loin. Lui aussi, c'est au bar du *Tire-bouchon* que je le rencontre. Il est vendeur de montres, au porte-à-porte selon ses dires, et je le crois. Il aime bien mon tour de chant et me le prouve quelques années plus tard quand, sur la Croisette, une nuit, il me chante sans se tromper « Je vous salue M. Ferré » qui est ma chanson fétiche chaque soir. Nous sympathisons autour de petits verres de rouge, comme avec Attia. Il n'est pas encore milliardaire… et je ne suis qu'un chanteur débutant. Plus tard, nous associerons nos réussites et ferons un bout de route ensemble.

Croisé aussi, Bernard de Bosson, mon directeur artistique chez Polydor. Il est « énorme » de générosité et d'enthousiasme, artiste jusqu'au bout des ongles, pianiste de jazz et gros consommateur de whisky. Par la suite, il deviendra PDG-Europe chez Warner.

Il nous arrive parfois, sur le coup des deux heures du matin, un peu ivres, enfin, juste un peu, de refaire le monde, assis sur le trottoir à côté du cabaret. Là aussi, ce n'est pas un hasard qu'il soit là, ni une coïncidence… Non ! Nous avons rendez-vous quelques années plus tard. Comme pour Simon Waintrob.

Je vais rencontrer aussi Fernand Sardou. Méridional comme moi, adorable, il tient un restaurant rue Lepic dont, de temps en temps, il s'évade pour me retrouver au *Tire-bouchon.* Nous avons des goûts en commun, comme celui des belles filles (du regard, Jackie, seulement du regard !), et des petits verres au comptoir des troquets de la butte. Nous finissons nos virées chez *Patachou*, là où je chante. Il assiste à mon tour de chant et m'affirme :

– S'il chante un jour, et je sens que ça le démange, j'aimerai que mon fils ait ton style.

Ton fils a été formidable, Fernand, heureusement il ne m'a pas ressemblé et ça lui a réussi plutôt bien !

Quant à Jackie Sardou, elle va de temps à autre à la recherche de son homme et, quand elle nous retrouve, elle nous gratifie d'un sonore :

– Ah… les voilà, les enc… ! Fernand, si tu te souviens, tu as un restaurant et des clients qui t'attendent, alors tu laisses l'autre con et tu te ramènes !

L'autre con… c'est moi !

CHAPITRE 6
DE PIAF À CLAUDE FRANÇOIS

Chez *Patachou*, j'ai comme client fidèle Théo Sarapo qui s'est mis à aimer mes chansons et à les enregistrer les unes après les autres. Vient aussi Yves Montand quand il sort de jouer sa pièce « Des clowns par milliers ». Lui, il ne vient pas voir le spectacle. Bruyant et dragueur, il s'entretient avec son *fan's club* féminin pendant les tours de chant. Désagréable !

Et puis viennent deux tout jeunes garçons : un brun et un blond, comme Montand, pour voir les filles. L'un, le blond, c'est Pierre Billon, le fils de Patachou. L'autre, le brun, c'est Michel Sardou. Ils n'ont pas seize ans ! Je croise aussi les yéyés Michel Orso et Gilles Dreux.

Souvent, l'après-midi, je me rends boulevard Lannes où, avec Noël Commaret, nous faisons répéter Théo Sarapo.

Je viens là, le cœur battant, dans l'espoir d'apercevoir la « grande dame », qui se cache au fond de l'appartement, malade et déprimée.

Elle est souvent à la campagne et, longtemps, je ne la vois pas. Et puis, un beau jour, alors que nous sommes en pleine répétition, la porte du grand salon s'entrouvre et une Piaf minuscule, voûtée, épuisée par la maladie apparaît ! Paralysé par le trac, je m'arrête de chanter le refrain que nous présentons à Théo. À petits pas, Édith Piaf a gagné un fauteuil jonché de coussins, disant simplement, pour ne pas nous déranger :

– Continuez… continuez… avec un petit geste de sa main décharnée et déformée.

Impossible. Je n'arrive plus à articuler une parole.

Alors, elle fait mine de rebrousser chemin, ajoutant simplement :

– Bon… je vous dérange… je m'en vais…

Deux petits pas vers la porte. Puis elle se retourne et ajoute, en me regardant :

– C'est bien ce que vous faites pour Théo… si, si !

Un silence. Puis elle conclut :

– Un jour, il faudra penser aussi à moi !

Quelques jours plus tard, Noël lui présentera une chanson que nous avions écrit pour Théo mais qu'il avait du mal à interpréter. Elle s'appelle *Marseille* bien sûr.

Le soir, chez Patachou, Noël m'annonce la grande nouvelle : Édith a aimé la chanson et va la travailler.

Piaf est morte quelque temps après. Le même jour que Cocteau ! Je perds ainsi deux lumières d'un seul coup et je continue de penser qu'ils ont fait exprès de partir le même jour, pour effectuer le voyage ensemble !

Noël meurt à son tour. Dans un accident de voiture survenu en partant faire un gala avec Christian Méry. Puis c'est le tour de Théo. De nos lumineuses heures du boulevard Lannes, il ne reste que Francis Lai et moi.

Un jour, lors d'une émission de télévision de Jacqueline Joubert, *Jeunesse oblige*, je dois faire un reportage de promotion avec une jeune chanteuse d'un groupe « yéyé » pour un magazine de jeunes. C'est un coup bidon et nous devons faire semblant d'être amoureux. Au beau milieu du reportage photo, sur le plateau des buttes Chaumont, Lederman, le manager très connu de Claude François, vient me dire :

– J'ai Claude au téléphone, il voudrait te dire un mot…

Claude, que je connais très peu, me demande de renoncer à ce reportage car la jeune chanteuse est sa petite amie. Je lui fais volontiers ce plaisir qui ne me coûte rien.

En échange, Claude, qui anime une émission radio sur RMC me promet :

– T'es sympa… moi, je vais te passer sur l'Antenne !

Et ma fille, Isabelle, vient au monde. Le 19 juin 1966. En sortant de la clinique d'accouchement, un dimanche matin, j'appelle mes parents, puis Sophie. La twisteuse ! Elle chante avec moi chez *Patachou* et nous sommes devenus proches, assez du moins pour qu'elle soit la première à qui j'annonce la nouvelle.

Coutumier des grandes décisions inattendues, je décide soudain d'arrêter de chanter.

La perte de mon complice Noël, la lassitude de mes petites amies de cette époque, la difficulté de me trouver une réelle personnalité de chanteur, surtout depuis l'éclosion de Claude

Nougaro… Tout cela me décide. J'ai perdu le goût de la scène et c'était bien le plus important. Les paroles de Johnny disaient, rue d'Hauteville :

« *Souvenirs… souvenirs*

Je vous garde dans mon cœur… ».

Je quitte Paris et me réfugie tout près d'Aix-en-Provence, dans la propriété de mes parents. Je m'entoure de cinq chiens. Des gros. Je laisse passer le temps et je regarde grandir Isabelle entre deux promenades avec mes chiens. C'est de là, via la télévision, que j'assiste à Mai 68.

L'été passe sur cette magnifique campagne aixoise. Nous avons des champs immenses, coupés d'allées bordées de grands cerisiers et lors des promenades avec ma meute je me surprends à écouter au loin les rumeurs de la route nationale qui remonte vers Paris…

Le goût de l'évasion, de l'aventure, renaît en moi, tout doucement, d'abord comme un ruisseau, puis une rivière… Bientôt, c'est un torrent !

Mes parents atterrés, comprennent que je vais repartir pour Paris. Avec femme et enfant. Se séparer d'Isabelle sera un déchirement pour eux. Avec l'ingratitude de mon âge, je ne m'en rends même pas compte. Les chiens, mystérieusement avertis de mes intentions vont mourir l'un après l'autre ou s'en aller. Le jour de mon départ, je lègue à mon père les deux survivants.

J'ai réussi, par téléphone, et grâce à mon ancien gérant, à trouver un appartement dans le 18e. Je repars sans savoir ce que je vais faire mais, à Paris, tout est possible.

CHAPITRE 7
DE FELLINI À SERGIO LÉONE OU LES ANNÉES UNITED ARTISTS

1969. Ce sera mon année charnière.

J'ai arrêté le tour de chant et me trouve à la croisée des chemins. À présent, me voilà père de famille. Je dois me méfier de toute aventure et trouver une idée.

Moi qui ne lis jamais les petites annonces, j'en découvre une, sur *France Soir*, qui demande un directeur artistique connaissant l'édition musicale, parfaitement bilingue, pour une société américaine.

Je téléphone, bien que n'ayant que des notions scolaires d'anglais, et la chance est avec moi. Il s'agit de United Artists, puissante multinationale dont le boss français, Eddie Adamis, me prend en sympathie immédiatement à cause de mon passé d'artiste, et me confie tout le secteur « éditorial » à gérer.

Il s'agit en fait d'écouter les dizaines de disques qui nous parviennent tous les jours des quatre coins du monde et d'y dénicher le possible futur « tube » du hit-parade.

Je me lie aussitôt avec les meilleurs faiseurs du genre, les rois de l'adaptation : Georges Aber et Ralph Bernet qui sont les paroliers attitrés des idoles des jeunes : Johnny, Sylvie ou Claude François.

Autre aspect de mon travail : je dois, chaque soir, visionner un film en V.O. afin de savoir si la musique est exploitable en France.

Mon séjour chez United Artists sera bref : huit mois environ ! Mais j'aurais le temps de visionner *Roma* de Fellini, United Artists éditant toutes les musiques de ses films. Même chose pour les Sergio Leone dont je visionne *Et pour quelques dollars de plus*, ainsi que pour les James Bond.

Mon apport personnel sera la découverte d'une perle : Le film *Macadam Cow Boy* que personne ne connaissait mais dont j'avais lu une excellente critique dans la rubrique de Philippe Labro, faite des USA pour le *Journal du Dimanche.* Le film révèle deux acteurs merveilleux, inconnus en France : Jon Voight et Dustin Hoffman. La bande sonore est éblouissante avec une chanson inoubliable, *Everybody's talking*, interprétée par Nilsson. Je travaille dur sur ce film et fais enregistrer deux de ses chansons en français.

Bref, je me plais bien, j'ai le meilleur contact avec mon patron et celui-ci n'hésite pas à m'amener aux meetings organisés à New York, Tokyo et Londres où nous rencontrons la direction américaine qui chapeaute toutes les filiales européennes, asiatiques et sud-américaines. Mon anglais s'améliore et mon amitié avec Francis Lai fait de moi une des vedettes de cette édition. Les Anglais, les Japonais et les Américains demandent du Francis Lai.

Dès mon retour à Paris, je rencontre Francis et lui propose un *deal* : j'amène mon travail et toutes les connections que je viens de faire ; et lui amène son talent…

Pourquoi travailler pour les autres ? Nous décidons de monter notre propre affaire et de s'associer à deux. Mais, rapidement, nous allons être trois.

CHAPITRE 8
CLAUDE LELOUCH, FRANCIS LAI ET LES ÉDITIONS 23

Tout le monde chez United Artists est déçu de mon départ, même si Adamis m'avoue « Bien joué… tu as raison, dans la vie, il faut savoir créer sa chance… »

Pendant que je range mon bureau, un coup de fil inopiné arrive : c'est Lelouch !

– Vous montez une maison d'édition avec Francis ?

– Oui.

– À une seule condition.

– Laquelle ?

– Je suis avec vous… on la monte à trois ! Je vous amène mon infrastructure des films 13, mes comptables, dactylos et bureaux, avenue Hoche, et en cadeau de mariage, j'amène la musique de *Un homme et une femme* que je récupère chez Saravah, mon ancienne maison d'édition. Je me sépare de Barouh et je vous rejoins !

Quelle chance ! Quel cadeau ! J'en fais une crise de foie qui me cloue au lit pendant quatre jours mais ça ne m'empêche pas d'être là, chez l'avocat, pour la signature des actes. Je suis associé avec Lelouch et Francis Lai et notre affaire s'appelle Éditions 23 (à cause de la superstition et de la fascination pour les chiffres de Lelouch).

Je ne suis resté que huit mois chez United Artists mais c'est l'exemple le plus flagrant de ma petite théorie des astéroïdes (United Artists) et des comètes (Claude Lelouch, Francis Lai) dans ma vie.

Nous sommes en 1970 !

Les soussignés :

1. M. Lelouch, Claude, Joseph, Baruck, cineaste,

demeurant à OINVILLE-SUR-MONTCIENT…

2. M. Lai, Francis, compositeur,

demeurant à Paris, 16e…

3. M. Carrier, Léo, Marc Guy, directeur artistique,

demeurant à Paris, 18e…

ont établi ainsi qu'il suit les statuts d'une société à responsabilité limitée, qu'ils ont convenu de constituer entre eux…

Voici les premières lignes du contrat le plus important de ma vie, signé le 13 mars 1970 (superstition de Lelouch oblige) chez Maître Ayache, avenue Hoche à Paris. Celui de la création des Éditions 23.

Je ne dirai jamais assez toute ma reconnaissance à mes deux partenaires qui m'ont tracé une voie royale. N'oublions pas que je n'étais pour eux qu'un inconnu dont le seul mérite était d'avoir fait son chemin chez United Artists, puis d'avoir songé à créer cette société. Et que dire de l'admiration que je leur porte à cette époque. Au fil du temps, j'ai appris à mieux les connaître et à discerner également leurs failles, mais quelle importance ? *Nobody is perfect* !

Tout ce qu'ils m'ont apporté et inculqué compense largement les reproches que je n'ai jamais osé leur faire ensuite. Les six années passées, associé à leur talent, n'ont pas été les mêmes pour moi avec l'un et avec l'autre.

Avec Francis Lai, tout s'est passé sans problème et dans la plus totale transparence.

Avec Lelouch, les rapports ont été plus orageux. Mais, quand on analyse bien nos personnalités extrêmement différentes, il est tout à fait normal que nos contacts aient été plus difficiles.

Francis Lai est né à Nice il y a près de soixante-dix ans. Au moment où je fais sa connaissance, à Montmartre, c'est un play-boy, petit mais beau mec, sapé à l'italienne, avec voiture sport décapotable. C'est le Chet Baker de la Butte sauf qu'au lieu d'une trompette, c'est avec son accordéon « magique » qu'il nous communique sa musique et son *feeling*. *Cool*, bien sûr. Play-boy méditerranéen. Lelouch dit de lui, à juste titre :

– Si dans une pièce, il y a cinq mecs et une super-nana, alors, sans rien faire, la nana... elle est pour Francis !

Francis Lai-Pierre Barouh, c'est le duo à la mode dans le petit monde de la nouvelle chanson française. Avant d'être l'accordéoniste d'Édith Piaf puis de Mireille Mathieu, Francis est l'accompagnateur de la chanteuse Claude Goaty et compose de ravissantes et nostalgiques mélodies. Nous faisons deux ou trois chansons ensemble et, pour les écouter, je me rends chez lui, à Pigalle.

Comme c'est un noctambule dans l'âme, et pour conserver l'impression qu'il fait encore nuit, il garde ses volets soigneusement fermés, même en plein jour. Il m'avoue d'ailleurs composer surtout la nuit. À ma question : « et les voisins ? », il me répond que, la nuit, il compose sous ses couvertures et ses draps. Il n'est pas besoin d'être devin pour imaginer la brillante carrière qui l'attend. On est encore loin des Éditions 23 mais je sais pourtant qu'on va se revoir souvent. Plus tard, j'apprendrai à connaître un Francis foncièrement gentil et timide, marié à un ravissant mannequin, Dagmar, et père de deux petits garçons.

Mais sa timidité lui jouera des tours et je considère comme un exploit d'avoir réussi à le faire participer aux manifestations que je lui organisais. Francis sur scène, au Japon, après *Love story*, c'est un miracle ! Il a un tel trac que pendant les premières secondes on ne l'entend pas jouer. Il tremble tant qu'il n'ose pas appuyer sur les touches de son instrument.

Après le concert, et regaillardi par son succès, il me dit :

– Plus jamais tu me feras refaire un truc pareil !

Il a tort. J'ai réussi quelques années après à le faire remonter sur scène. À l'Albert Hall de Londres, pour un concert partagé avec le compositeur de *La Panthère rose*, Henry Mancini, accompagné par le Royal Philarmonic Orchestra.

Nous avons amené avec nous une rythmique française avec, entre autres, Christian Gaubert et Yannick Top. J'invite quelques journalistes français, dont mon ami Zamekowski, et je loue une Rolls noire pour mes musiciens. Francis, Tiffanie, Dagmar, et moi, nous nous gardons la Rolls blanche !

Francis, qui a parfois la révolte excessive des timides, est adoré par l'ensemble du show-business à cause de son réel talent et de sa gentillesse. Il recevra ses oscars avec humilité et si je le quitte sept ans après ce n'est pas pour des divergences de vues ou une mésentente quelconque. C'est, tout simplement, que j'ai envie de passer à autre chose. Le tournage de *Les Hommes*, les événements qui en ont découlé, ma rencontre avec Claudia Cardinale et Anthony Quinn, l'arrivée dans ma vie de Tiffanie, ont changé la donne de mes cartes. De Francis, je garde le souvenir d'un garçon charmant, que je revois de temps en temps lors de mes passages à Paris, avec le plus grand plaisir.

Je l'ai quitté en lui revendant mes parts des Éditions 23, avec *Un homme et une femme*, *Love Story*, *L'Aventure c'est l'aventure*, *La bonne année*, etc... pour une petite poignée de dollars, sans tenir compte de ce qu'étaient devenues nos éditions ni des années passées à travailler ensemble. Pour moi, Francis Lai retournait simplement à lui-même. J'ai trouvé ça normal et l'ai fait sans regret !

Mais quand je parle de Francis, je ne dois pas oublier de citer Christian Gaubert. Celui-ci est méridional – marseillais – comme tout l'entourage de Francis, et ce côté méridional perdurera ensuite avec Mireille Mathieu.

Gaubert est un arrangeur de grand talent, et c'est lui qui dirige l'orchestre quand Francis est sur scène, comme il dirige toutes nos séances d'enregistrement. Il compose brillamment la musique de mon film *Les Hommes* et, à partir de 1980, on lira son nom au générique du feuilleton *Nestor Burma*, tandis que Nicola Croisille fera triompher la chanson qu'il lui a écrite : *Téléphone moi...*

Claude Lelouch, c'est autre chose. D'abord, après avoir vu *Une fille et des fusils*, je suis bluffé par la jeunesse, l'invention et la folie de l'homme à la caméra sur l'épaule. Le film ne suivra pas Claude dans le temps, mais c'était du très bon Lelouch. Si son coup de fil me ravit avant la création de nos éditions, et si l'offre de son « staff » dans le contrat me comble, je tique un peu quand c'est lui qui choisit le nom : Éditions 23 :

– Les dix lettres de Francis Lai et les treize miennes, ça fait vingt-trois ! »

Et moi ? Je suis qui ? J'ai eu l'idée de cette affaire et il m'élimine dès le premier jour. Mais je ne dis rien. Qui suis-je comparé à eux deux ? Ça ne m'empêche pas de prendre note. Tout comprendre et ne rien oublier ! Toutefois, on part avec des cacahuètes en caisse et s'ils apportent leur nom et leur prestige naissant, c'est bien moi qui suis nommé gérant et qui vais devoir faire le boulot.

Premier défi : trouver le moyen d'enregistrer cinq musiques de film, dont *Le Voyou*, sans sortir un centime ! J'y parviens grâce à l'accord que je passe avec l'ami Eddie Adamis, mon ancien patron de United Artists. C'est lui qui paie tous les frais en échange des droits pour l'étranger. Je garde les droits pour les pays francophones.

Pour moi, le Lelouch que je préfère c'est celui de *Un homme et une femme* ou de *Vivre pour vivre*, celui de la créativité et de l'enthousiasme. Claude est d'autant plus important pour Francis, et vice-versa d'ailleurs, qu'il remplace souvent dans ses films les dialogues par des plages de bande sonore.

Avec *Le Voyou*, il rentre un peu dans le moule. C'est du Lelouch avec, par-ci par-là, des trouvailles et une histoire racontée à sa façon inimitable, mais on n'est plus dans ces films qui ressemblent à un reportage sur la vie amoureuse de nos contemporains et où l'on se croit dans une séquence du journal télévisé. J'adorais ses films « roman photo ». Chacun ses goûts ! C'est un réalisateur de génie et il réussit, caméra sur l'épaule, quelques séquences étonnantes, comme celle de *La Bonne année* où nous suivons en un seul plan Françoise Fabian qui débarrasse en quelques minutes, voire secondes, les affaires de son amant qu'elle vient de congédier avant de recevoir l'amour de sa vie (Ventura) qui sort de prison.

Quelques années après, j'adorerai et retrouverai « mon » Lelouch avec *L'Itinéraire d'un enfant gâté.*

Je me garderai aussi d'oublier le grand bonheur que l'on a à tourner sous la direction de Claude. On est libre, mais avant il nous a tout dit, du moins ce qu'il voulait. Son enthousiasme est communicatif et pousse toute l'équipe à se surpasser.

J'ai eu le plaisir de faire « l'acteur » pour lui dans *Smic, smac smoc* et dans *Le Bon et les méchants.* J'ai, chaque fois, improvisé mon texte, mais c'était facile. Il m'avait expliqué le passé, le présent et le futur, il m'avait engagé sur les rails, il n'y avait plus qu'à se laisser aller et à jouer au gendarme et au voleur. Rien à voir avec le tournage de *Les Hommes,* sous la direction de Daniel Vigne, où je me suis retrouvé un peu livré à moi-même dans mes séquences de texte, face à Michel Constantin notamment.

Lors d'un Festival de Cannes, Claude m'emmène avec lui pour que je l'assiste dans ses pourparlers avec les Américains de United Artists. Nous logeons sur son bateau, ancré au Port Canto et je partage ce privilège avec Charles Gérard, Elie Chouraki et Amidou.

Notre jeu favori, tart le soir que la nuit, est de piéger les éventuels clients des prostituées de la Croisette. Les petites amies de notre équipe jouent les putes, font semblant de raccoler des mecs sur la Croisette pendant que nous guettons, planqués dans la voiture américaine que nous avons louée. Quand les filles ont appâté un gogo, et c'est facile car elles sont belles, elles les ramènent jusqu'au bateau, au Port Canto. Nous arrivons alors à toute vitesse en faisant crisser les pneus sur la jetée. Les filles, déjà montées à bord avec les « gogos » s'écrient :

– Nos macs !... Nos macs !... partez vite !

Les gogos affolés et n'y comprenant rien, s'enfuient en courant en enfilant leur veste ou leur chemise alors que nous explosons de rire, les filles et nous.

Un soir, nous jouons ainsi une bonne heure et puis le jeu manque tourner mal, doublement. D'abord, parce que les trois Allemands piégés ne paniquent pas et veulent en découdre au contraire. C'est Charles Gérard qui, ne participant pas à notre jeu, s'interpose avec autorité. Ensuite, parce que finissant la soirée au *Whisky à gogo*, nous apprenons de la bouche de Marcantoni que quelques « gagneuses » professionnelles s'étant plaint d'une concurrence déloyale et inconnue, une expédition de « gros bras » s'apprêtait justement à faire le ménage sur les trottoirs de la Croisette...

Claude signe ses contrats avec United Artists mais la lecture des textes me fait prendre connaissance d'une clause concernant la musique qui crée une première brèche entre Claude et moi. Je précise surtout que ça n'enlève rien à ma reconnaissance et à mon admiration pour lui. Ma réaction n'était que lucidité en rapport à une clause commerciale. Dans mes bons souvenirs avec Lelouch, je retiendrai notamment la projection privée de *Love Story* au Club 13. Ce film dont Francis a fait la musique et dont nous sommes éditeurs, triomphe aux USA. Nous sommes seuls, Claude et moi, dans la salle et nous nous retrouvons gênés d'avoir la larme à l'œil lorsque les lumières se rallument. Claude dit seulement :

– Ça va marcher !

Le siège des Films 13 et des Éditions 23 est situé dans un hôtel particulier, avenue Hoche, appartenant à Lelouch. Deux étages de bureaux, un rez-de-chaussée et un sous-sol où Claude crée le fameux Club 13, avec restaurant pendant le week-end, et projections tous les jours dans les deux salles établies pour les besoins de la cause. Le tout agrémenté de salles de montage. Un outil formidable, avec des gens formidables, compétents et professionnels. J'utiliserai souvent le Club 13 pour mes déjeuners d'affaire et j'aurai l'honneur d'avoir à ma table, entre autres, Jean-Michel Jarre, Jean Carmet, Bernard Golay, Simon Waintrob, Denise Glaser, Johnny Starck, Jean-Paul Belmondo, Lino Ventura, etc…

Le week-end, je saute de salle en salle pour des projections passionnantes, entrecoupées de dîners où le Tout-Paris du cinéma se mélange en pleine décontraction.

On peut y croiser Bébel, un habitué des lieux, Adjani, et même Robert Mitchum. Aux fourneaux se trouve Pierre, le cousin du « Gorille » de Saint-Tropez. Je le retrouverai à l'automne de nos vies pour des discussions à bâton rompu et des balades le long des plages de Pampelone. Une fois, c'est lui qui confectionne le gâteau d'anniversaire de Belmondo. Celui-ci la fête en famille et comme je travaille avec lui sur un court-métrage portant sur la boxe, il nous invite, Tiffanie et moi, à partager ce dessert avec eux.

Dans l'hôtel particulier de l'avenue Hoche, on entend parler chiffres dans les bureaux du commercial, télévision dans celui d'Arlette Gordon, la très fidèle assistante de Claude. Quelques mesures de musique s'échappent du premier étage où j'ai mon bureau, tandis que le soir, parfois, Jacques Higelin, ami de la première heure, vient dormir sur le divan occupant le perron du deuxième étage.

Là-haut, Claude, dans son bureau lambrissé de bois clair et gardé jalousement par sa fidèle secrétaire, veille sur tout son monde, ayant plus d'idées à lui seul en une heure que les producteurs habituels des Champs-Élysées en une journée. Sur les étagères qui entourent son bureau, de très nombreux trophées témoignent justement de la pertinence de ses idées.

CHAPITRE 9
LES ENREGISTREMENTS

Notre premier film est une bleuettte de Michel Boisrond, *Du soleil plein les yeux*, pour lequel Francis écrit une chanson dont personne ne garde le moindre souvenir, même si l'interprète est l'excellente Séverine.

Nous enchaînons ensuite avec trois ou quatre films mineurs. Le plus important pour nous est de trouver un parolier pour Francis. Finalement, celui-ci donne une sorte d'exclusivité morale à Catherine Desage, grande jeune femme qui manie avec plus de talent les mondanités et les relations publiques que la langue de Molière. Elle est « charmante », a tous les culots, n'hésite pas à rencontrer tout le monde et amuse Francis par sa fausse ingénuité.

Dès la naissance des Éditions 23, nous enregistrons un album chanté par Francis, pour lequel j'écris deux textes et Catherine une dizaine d'autres. Par la suite, et à la prière instante de Catherine, je lui laisserai écrire tous les textes des chansons de Francis, jusqu'à *Le Voyou.*

À la première lecture du texte qu'elle écrit pour ce film, je suis un peu surpris. Quand on se souvient du tandem Barouh-Francis Lai, il y a de quoi. Alors, j'interviens, refais une partie du texte, le montre à Lelouch, recommence, et arrive au résultat final qu'on découvre dans le film et sur le disque. Catherine me dit que, par déontologie, mon nom ne doit pas apparaître au générique. Je ne vois pas pourquoi, mais je lui fais ce plaisir. Quand j'emmène le premier échantillon à Europe 1, Franck Fernandel, animateur à la station, est à l'antenne. En direct, il m'invite à entrer dans le studio et présente mon disque, le faisant passer immédiatement. *Le Voyou* deviendra ainsi rapidement un succès radio.

Francis enchaîne avec des titres pour Régine et Dalida, mais hors films, il n'a pas la même veine quand il fait des chansons ; *la Bicyclette* d'Yves Montand étant une exception. Les deux chanteuses se font piéger par la maquette que je viens moi-même leur porter à domicile. La voix de Francis, posée sur son accordéon électronique, à quelque chose de magique mais, quand les deux chanteuses sortent leur version, les grandes orchestrations détruisent cette magie.

Michel Drucker rode souvent dans nos bureaux. Il est encore reporter sportif et, à ce titre, il rencontre souvent toute l'équipe qui travaille aux Films 13 dont Charles Gérard, Adolphe Drey, et d'autres issus de reportages sportifs. Michel a pris l'habitude, quand il a une soirée en galante compagnie, de m'envoyer un taxi auquel je dois confier quelques disques de Francis. « C'est pour l'ambiance » affirme Michel qui n'est pas encore marié avec Dany Saval.

Claude nous amène une grosse affaire. Il produit le nouveau film de Nadine Trintignant Ça n'arrive qu'aux autres. Elle ne prend pas Francis pour la musique, sans doute par pudeur vis-à-vis de Claude. Elle choisit Michel Polnareff. Je produis donc le disque de celui-ci.

Dès la première séance, je convoque cordes et cuivres, c'est-à-dire plus de trente musiciens mais Polnareff ne vient pas. Une fortune de gaspillée pour ma jeune maison d'édition. Je m'en ouvre à Lelouch :

– Fais le venir pour qu'on lui remonte les bretelles.

– C'est fait… il vient samedi.

– J'y serai !

Ils tiennent parole tous les deux. Claude, remonté comme un coucou, lui fait le détail de ce que nous coûte sa défaillance et le met au pied du mur :

– Tu n'as qu'un moyen de te faire pardonner.

– ?

– Tu fais la chanson et ça devient un tube.

Promesse tenue avec la chanson du film : *Un oiseau de moins…* Polnareff devient N° 1 des hits radios. Le film, dramatique, raconte la mort d'un bébé et le désespoir des parents. Mastroianni et Deneuve en sont les interprètes et la rumeur court que leurs scènes d'amour ne sont pas simulées. Le film a un bon succès d'estime.

Après Polnareff, je produis Mireille Mathieu pour un album de douze titres composés par Francis et Catherine Desage.

Comme Catherine devient de plus en plus sûre d'elle-même, je la déstabilise en lui présentant quelques voyous et en lui proposant de kidnapper un cheval de course ! Elle ne sait pas si je parle sérieusement et m'en reparlera dix ans plus tard. En attendant, j'accompagne Johnny Starck à Genève pour signer les contrats de Mireille et nous faisons un tour chez Davidoff car Johnny est grand amateur de cigares. Il est malin comme un singe, corrupteur, magouilleur et super-sympa, même si au téléphone, il traite tout le monde d'enc…, moi y compris.

Ensuite, j'enchaîne avec le tournage de *Smic, smac, smoc.* Claude emmène toute sa petite troupe – une quinzaine de collaborateurs –, pour passer dix jours dans le Midi afin de tourner ce film, mineur dans sa filmographie. Pour le rôle féminin il fait un casting et j'essaye, à la demande de Georges Aber, de lui placer Séverine qui vient de représenter la France à l'Eurovision. Elle ne sera pas retenue. Claude choisit Catherine Allegret. On dit qu'il rend ses interprètes belles et émouvantes devant sa caméra lorsqu'il est amoureux. Là il ne l'est pas, mais Catherine s'en sort très bien.

À quinze, on fait tout. L'acteur, le machino, le son, et même la circulation dans la rue car tout est tourné en décors naturels à La Ciotat et à Saint-Tropez. On se forme par équipe de deux, et mon partenaire est Elie Chouraki. On s'arrange et quand l'un travaille, l'autre dort.

Je joue le rôle d'un pompiste à qui on vole de l'essence et Francis Lai celui d'un aveugle… accordéoniste, bien sûr. Lors des projections privées, ma séquence a la chance de déclencher les rires de la salle et Balducci me propose un rôle dans le film qu'il prépare sur la Côte avec Jane Birkin et Bernadette Laffont. Mais je pense à Lelouch et je refuse.

Plus tard, pour les enregistrements de la bande originale de *Madly*, Alain Delon vient assister aux séances et sera même présent pendant les *mix* que nous faisons la nuit, au studio Davout. L'acteur, Francis, Gaubert, Yves Chamberland, le directeur du studio, et moi-même, nous nous relayons tout au long de la nuit, jusqu'au petit matin.

Delon aime bien Francis (qui ne l'aime pas ?) et ça nous vaudra une chance formidable. On propose à Francis de faire la musique d'un film américain, mais le « hic » est qu'il doit composer cette musique au mois d'août afin de respecter le planning de la compagnie d'outre-Manche.

– En août, pas question ! Mes vacances en famille à Nice sont sacrées.

Francis refuse.

La production revient à la charge par l'intermédiaire de Delon.

– J'ai vu le film, c'est formidable, il faut le faire !

Les Américains, une fois le film tourné, avaient monté les images avec la musique que Francis avait déjà composée pour *Un homme qui me plaît*, le superbe thème du *Concerto pour la fin d'un amour*. Banco. La musique colle, les producteurs veulent la même chose, donc ils veulent Francis Lai. On parvient à un arrangement. La production loue un appareil de projection que Francis installe dans sa maison de Nice et il peut composer ainsi pendant le mois d'août.

À la rentrée, les compositions de Francis sont enregistrées au Studio Davout, et le producteur Robert Evans vient assister aux séances. Quand il part, avec les bandes sous le bras, sur le trottoir du boulevard Davout, il nous prédit :

– Je suis sûr que vous obtiendrez un Oscar l'an prochain avec cette musique !

Rendez-vous est pris en souriant pour dans quelques mois à Los Angeles. C'est lui qui a raison : Francis vient de composer *Love Story* !

Bob Evans, c'est avant tout un superbe beau mec et sa vie est une vraie légende hollywoodienne des années 1970. Il a débuté acteur. En 1956, engagé par Darryl Zanuck pour tourner dans *Le Soleil se lève aussi*, il est contesté par l'ensemble de l'équipe de tournage, dont Ava Gardner, Tyrone Power et même Ernest Hemingway qui demandent le renvoi du jeune homme. Refus de Zanuck qui, sur le plateau, prononcera la phrase célèbre à Hollywood : « The kid stays in the picture » (« le gamin reste dans le film »), proposant même aux mécontents de s'en aller. Cette attitude inspire Evans qui, plutôt que d'être un acteur médiocre, choisit de devenir « décideur » c'est-à-dire producteur. En plus de *Love Story*, si important pour nous, il produira, entre autres, *Le Parrain* et *Le Parrain 2*, *Chinatown* et *Rosemary's baby*.

Après le départ de sa femme, Ali Mac Graw, vedette de *Love Story*, qui le quitte pour Steve MacQueen, peu à peu c'est la chute. Il sera par la suite soupçonné de trafic de cocaïne et même d'assassinat. Il représente à lui tout seul les mots « amour », « gloire » et « beauté » ; images du rêve hollywoodien.

Chez EMI qui doit distribuer le disque de la bande sonore, le directeur de production, qui s'illustrera plus tard comme directeur d'antenne à Europe 1, me dit :

– Cette musique n'a aucun intérêt, si ça marche c'est que je ne connais rien à ce métier.

Il aurait mieux fait de se taire.

Henri Salvador en fait une parodie mais les producteurs US qui n'assimilent pas parfaitement l'humour de notre fantaisiste se font tirer l'oreille pour donner leur accord. En France, Mireille Mathieu créée la chanson en français sur un texte de Catherine Desage bien sûr, bientôt suivie par Tino Rossi. Hal Shaper en fait une superbe adaptation anglaise et Shirley Bassey un succès planétaire.

Au « MIDEM » qui suit, Eddie Barclay, voyant Francis et moi sortir du palais des festivals sous une pluie battante, nous prête sa Rolls pour faire les dix mètres qui nous séparent de notre hôtel tandis que Ferdinand Legros, le faussaire mondain du Tout-Paris, me demande de lui faire un disque. Rendez-vous est pris au bar du Grand Hôtel sur la Croisette, où j'habite. Legros, escroc et homosexuel notoire, fait la roue pour chercher à m'attirer dans ses projets vaseux, sous le regard goguenard des superbes call-girls devenues mes grandes copines de bar. L'une d'entre elles, une algérienne, me résume avec sagesse :

– Méfie-toi, il va t'embarquer tout droit en prison, le barbu !

Après le film de Jean-Claude Brialy, *Un amour de pluie*, Francis enchaîne avec *La Course du lièvre à travers champs* pour le producteur Serge Silberman. Celui-ci, gros producteur en vogue, sort alors d'un succès énorme : *Le Passager de la pluie*. Pour ne pas changer une équipe qui gagne, il fait appel au même scénariste, Sébastien Japrisot, et au même compositeur, Francis Lai, pour ce nouveau film dont le réalisateur est René Clément.

Je me rends donc chez Silberman pour discuter du contrat de Francis. J'arrive à 14 heures dans ses bureaux des Champs-

Élysées et me trouve face à la caricature parfaite du producteur, représenté dans les films hollywoodiens : petit, visage rusé, avec un grand bureau, un gros cigare, l'air hautain. Je lui donne mes conditions habituelles... et là, j'ai droit à une séance incroyable. Il hurle, tape du poing sur son bureau, me crie que je veux sa ruine, puis au bout d'une demi-heure, il s'allonge sur le canapé placé dans un coin de la grande pièce en me tournant le dos et ne m'adresse plus la parole pendant quelques minutes. À mi-chemin entre fou rire et impatience, je coupe le silence d'un « alors, comment fait-on ? ».

Sacrilège. Je l'ai interrompu dans sa méditation. Il se retourne, ne parle toujours pas mais me regarde méchamment. Soudain, il se déchausse et jette violemment ses chaussures contre le mur qui lui fait face. Si je ne connaissais pas l'intérêt de Francis pour ce film, je serai parti sur le champ ou je lui aurai mis une droite ! Finalement, vers 17 heures, nous arrivons à un accord. Il ne donnera pas de cachet à Francis mais je garde l'édition. Au moment de nous quitter, je ne peux m'empêcher de lui lâcher :

– Bravo pour votre numéro de tout à l'heure, vous méritez un Oscar !

Il est soufflé par mon impertinence mais éclate de rire et rétorque :

– Quant à vous, si jamais vous quittez Francis, dites-le moi, je vous engage immédiatement. Vous êtes encore plus dur que moi en affaires !

Il dit ça pour me flatter, car plus dur que lui, c'est impossible.

Francis Cosne est un producteur d'un tout autre genre. On l'a connu sur *Du soleil plein les yeux*, et cette fois il propose à Francis un western, mais pas n'importe quel western. Celui-ci sera réalisé par Christian-Jaque qui n'a rien d'un *cow-boy*. Heureusement, le film est co-interprété par Brigitte Bardot et Claudia Cardinale.

Le western n'est pas le genre préféré de Francis mais, pour une fois qu'on peut s'amuser… Il y a notamment une chanson qui doit être interprétée dans un *saloon* et selon le scénario, c'est Claudia qui doit en être la chanteuse. Elle n'a jamais chanté et se croit même incapable de le faire mais en fait tout se passe bien. Elle est venue à Paris pour une fois sans sa mère et sans sa sœur et sort d'une période de séparation et de divorce. On sympathise et pour son séjour je lui loue une Mercedes limousine.

Pour chauffeur je choisis un jeune étudiant qui traîne souvent dans mon bureau. Il est fou de sport et de ciné, donc on s'entend bien. Il a fait de brillantes études et se trouve être un petit cousin de Charles Gérard. L'étudiant accepte le job et dans la journée il amène Claudia à travers Paris, aux Galeries Lafayette. Le plus drôle est que cet étudiant s'appelle Alain Terzian et qu'il va devenir plus tard le président du syndicat des producteurs français. Il aura débuté dans le cinéma chez moi comme chauffeur de Claudia ; laquelle s'en souvient et cite même l'anecdote dans son livre de souvenirs. Le soir, il m'arrive de dîner avec Claudia avant de la déposer à son hôtel de St-Germain des Prés.

Pour le dîner qui suit la première du film, vue la rivalité qui a opposé les deux actrices lors du tournage, Claudia me demande de rester avec elle et de mettre à sa table ceux qu'elle a préféré pendant le tournage. Cette amitié me servira quelques années plus tard pour un des projets les plus fous que j'ai imaginé.

Après *La Bonne année*, un des meilleurs films de Lelouch, où je coopère à nouveau avec Desage pour la chanson du film que chante Mireille Mathieu, Claude reste fidèle à Lino Ventura et décide de réaliser un film à gros budget, se passant en grande partie aux Caraïbes, avec également Jacques Brel, Charles Gérard et Aldo Maccione. C'est *L'Aventure c'est l'aventure.*

Beaucoup de cuivres pour l'enregistrement de la musique dont la chanson est chantée par notre Johnny Hallyday national ; avec dans les chœurs, le fameux trio féminin composé d'Anne Calvert, Janice et Carol Fredericks. Je produis donc Hallyday ! Desage fait le texte et nous devenons copain avec Johnny.

Nous enchaînons avec *L'odeur des fauves* pour la production SOFRACIMA. Pour interpréter *La Solitude*, chanson du film, Francis découvre une ravissante canadienne à qui je fais signer un contrat et qui aura son heure de gloire plus tard avec la première comédie musicale de Berger et Plamandon : *Starmania.* Elle s'appelle Nanette Workman et chante très bien. On entame la promo et la seule chose que je ne sais pas encore c'est qu'elle est la petite amie de Johnny.

Quand il apprend que Francis et moi allons à Rome, il en profite pour nous demander d'amener Nanette avec nous… Il nous rejoint sans que personne le sache.

Le jour c'est promo, le soir nous retrouvons notre rocker dans une petite guinguette des environs de Rome où, après quelques coupes d'un mousseux italien trop chaud, Johnny nous embrasse pour nous dire bonjour, oubliant qu'il l'a déjà fait quelques minutes auparavant.

C'est en sortant de cette période et de *L'Odeur des fauves* que je prends un des virages les plus importants de ma vie. Direction Marseille pour le tournage de mon premier scénario : *Les Hommes.*

TROISIÈME PARTIE
LES HOMMES

« Marseille n'est pas une ville pour touristes. Ici, il faut prendre parti, se passionner. Alors, ce qui est à voir se donne à voir. À Marseille, même pour perdre, il faut se battre ! »

Jean-Claude Izzo.

CHAPITRE 10
LA GENÈSE

À la fin du printemps 1971, nous terminons les enregistrements des musiques de deux films pour la production SOFRACIMA. Ils n'étaient pas indispensables à la gloire de Francis Lai ni aux finances des Éditions 23. Seule l'amitié de Francis Lai pour les deux réalisateurs l'a poussé à dire oui malgré ma réticence, et surtout celle de Lelouch. Si celui-ci admet le film de Marc Simenon, *Par le sang des autres*, sans approuver entièrement, il réprouve par contre totalement que Francis collabore au film de Richard Balducci, *L'Odeur des fauves.* Il faut dire que Balducci, très sympathique au premier contact, est en réalité un journaliste à la réputation sulfureuse. L'anecdote la plus connue le concernant vient d'Alain Delon. L'acteur, fort contrarié par un article nauséabond, recherche le journaliste qui l'a écrit. Il le retrouve à la terrasse du Fouquet's. C'est Richard Balducci. Delon oblige le journaliste à « bouffer » son propre article et l'histoire fait le tour de Paris.

Lelouch, lui aussi, ne le porte pas dans son cœur :

– Quand on travaille avec Lelouch, on ne se commet pas avec un Balducci !

Ces deux films, sans grand intérêt, me servent toutefois d'astéroïdes. C'est à eux que je dois de me lier avec les deux sœurs qui dirigent la SOFRACIMA : Catherine Winter et Gisèle Rebillon. Elles ont eu leur heure de gloire en produisant *La Guerre est finie* d'Alain Resnais, avec Yves Montand.

Gisèle s'occupe surtout de l'intendance tandis que Catherine vient à toutes les séances d'enregistrement. Elle a un passé de grande communiste et s'est illustrée pendant la guerre en prenant les armes dans la Résistance et a participé elle-même, arme au poing, à des actions de commando. Bien qu'elle soit très féminine, j'aime son comportement abrupt et presque masculin. Bref, elle en a ! Au moment de notre séparation, avant l'été, nous nous promettons de nous revoir et de retravailler ensemble.

Août 1971. Je pars en vacances à Sainte-Maxime. Petit hôtel sympa, grande piscine, vue sur la mer et dîners aux chandelles, tout pour se détendre. Mais l'inactivité me pèse vite. Pendant que ma femme se bronze à la piscine, je passe mes après-midi à noircir un cahier d'écolier. Mes contacts avec Catherine Winter m'ont donné l'envie d'écrire une histoire qui me tient à cœur. Lelouch m'a donné le virus du cinéma, Winter, l'envie de rêver.

En huit jours, j'écris soixante pages sur l'affaire du *Combinatie* et son trafic de cigarettes. J'en tiens les détails par les survivants des nombreux règlements de compte qui ont suivi l'affaire.

Je sais que Saccomano a écrit un livre sur les voyous de Marseille. Je ne l'ai pas lu mais Robert Le Noir m'a affirmé :

– C'est un livre de balance !

La légende prétend que Saccomano a été rudoyé et même jeté dans le vieux port. Ce n'est qu'une légende. Par contre, quand mon copain Bouchara, photographe d'*Ici-Paris*, a voulu photographier les Guerini, il s'est fait massacrer.

Je sais seulement que certaines personnes citées dans le bouquin de Saccomano ont la rancune agressive et dangereuse. Je me suis donc forcé à écrire une histoire de l'intérieur, sans juger, sans dénoncer, en mélangeant deux affaires qui n'ont rien en commun : le « Combinatie » et les « Blouses grises ». J'ai changé les noms en empruntant à ceux de ma famille. Je n'en ai parlé à personne quand je retrouve Paris, fin août.

Ma secrétaire, gentiment, prend sur ses heures de déjeuner pour taper le tout à la machine et me voila avec un synopsis fin prêt pour la rentrée de la SOFRACIMA début septembre. J'ai appelé ça : *Mourir au soleil.* Plus tard, la production changera le titre et choisira : *Les Hommes.*

CHAPITRE 11
LE MONTAGE

Quand je lui explique au téléphone ce que je viens d'écrire, Catherine Winter me répond :

– Déposez-le au bureau dans la journée. Ce soir, je pars en week-end à la campagne. J'aurai peut-être le temps d'y jeter un œil...

Nous sommes vendredi. Le lundi après-midi, Catherine me téléphone aux Films 13 :

– Passez demain ou après-demain, je fais préparer un accord.

– Alors, ça vous a plu ?

– Bien sûr, on va le monter... il faudra trouver un bon metteur en scène et un bon adaptateur, mais je crois que ça peut faire un bon film.

Incroyable. En trois jours, je dépose mon synopsis et je signe un contrat. L'aventure commence. J'ignore que ça va être une aventure très difficile et je m'en fous… je vis un rêve éveillé.

Pour le moment, je n'en parle pas aux Films 13 et seul Charles Gérard, l'inséparable de Lelouch, est au courant. Il aime les histoires de voyous et a participé à deux ou trois films policiers dans son passé.

Catherine passe mon histoire à trois réalisateurs, mais elle fait un choix ambitieux que je n'approuve pas entièrement. Les réponses ne m'étonnent pas.

Sautet : « Trop chaud, je n'y touche pas ».

Boisset : « Trop dangereux à faire ! ».

Deville : « pas pour moi (il a raison) et puis… trop chaud ! ».

Après cet échec, j'ai peur de perdre l'affaire, alors nous organisons une réunion dans les bureaux de la SOFRACIMA afin de prendre une décision pour débloquer l'affaire. Devant les réponses, nous changeons notre fusil d'épaule. Plus de réalisateur star mais des jeunes ou des seconds couteaux :

– Chez Lelouch, vous devez bien en rencontrer des réalisateurs, et même des assistants de talent…

Catherine a raison. Le talent, ce n'est pas ce qui manque aux Films 13 et je fais bientôt une liste de quatre noms : Claude Pinoteau, Charles Gérard, Elie Chouraki, et Daniel Vigne. Tous travaillent avec Lelouch et tous sont proches de moi.

Le premier à qui j'en parle, c'est Pinoteau. Il est le premier assistant de Claude. Il refuse immédiatement car il est sur le point de faire son premier film et il est tout à son projet. C'est dommage. Nous avons participé ensemble à un film de promotion sur l'Iran et j'ai pu admirer le travail de Pinoteau, metteur en scène de ce court-métrage. Le Shah, pour nous remercier, nous a envoyé une pleine marmite de caviar !

Le deuxième, c'est Charles Gérard. Lui, je le sais, il est intéressé, et je l'emmène chez SOFRACIMA. Hélas, le contact ne passe pas. Il parle immédiatement de cachet et de privilèges. Ses prétentions sont à la hauteur des budgets des Films 13, donc rien à voir avec nous. En plus, Charlot, on le sait, est un peu spécial. Il faut bien le connaître pour supporter ses provocations et son cynisme. Moi, c'est ma tasse de thé. Il est tous les jours dans mon bureau où il se réfugie quand il n'est pas avec Lelouch. Il faut dire que, situé comme il l'est, en plein cœur des Films 13, mon bureau attire tout le monde. Spacieux, clair, il y a toujours de la musique ou des matchs de foot à la télé, et il n'est pas rare que Ventura ou Belmondo ne s'y arrêtent quand ils viennent voir Lelouch, c'est-à-dire souvent. On parle foot, boxe, ou musique et parfois c'est Christine, la compagne de Lelouch à cette époque, vedette féminine du film *Le Voyou*, qui me rejoint en me disant :

– Mets-moi une belle musique de Francis Lai et fais-moi rêver… là-haut (le bureau du Claude est au-dessus du mien), c'est trop sérieux !

Bref, Charles Gérard, moi je l'aime bien, mais ce n'est pas l'opinion de tout le monde, alors exit mon pote Charlot !

En troisième choix et quatrième choix se trouvent Chouraki et Vigne. Le premier est en vacances alors j'emmène Daniel Vigne rue de Ponthieu, chez SOFRACIMA, avec une bobine de ses pubs sous le bras. Catherine la visionne dans la salle de projection située sous ses bureaux et se déclare séduite de ce qu'elle vient de voir.

Daniel est *cool*. Il ne brusque personne en parlant d'argent et se déclare très motivé par le sujet. Donc l'affaire semble cette fois bien engagée.

Quand Chouraki rentre de vacances, quelques jours plus tard, nous déjeunons à *La Lorraine*, place des Ternes, et il me parle du livre qu'il a lu en son absence : *Le Parrain* !

– Génial… En plus, j'ai lu ton synopsis hier soir et certaines séquences me font penser au bouquin… L'enterrement ou les règlements de compte, l'ambiance corse ressemble à celle, italienne, de Puzzo.

Trop tard Elie, trop tard.

Vigne a signé son contrat. On peut commencer à monter le film.

Les dates sont fixées. Restent deux choses importantes avant de commencer : le casting des autres rôles et les autorisations de tournage.

L'officielle sera l'affaire de la SOFRACIMA et de la mairie de Marseille. L'officieuse, je vais devoir m'en charger auprès des survivants de l'affaire. Après un retour sur Paris, pour gérer les affaires courantes des Éditions 23, nous entreprenons le casting des autres rôles du film, les deuxièmes couteaux. J'ai choisi Francis Linel. J'aime, et je suis sûr qu'il va être très bien. Reste à trouver la vedette féminine. Un petit rôle qui n'existe pas dans la véritable histoire mais nécessaire pour le charme et la tendresse dans le film, c'est le distributeur qui nous l'impose : Nicole Calfan. Elle sort de nombreux succès et nous acceptons volontiers le choix. Une perruque brune la transforme en Méditerranéenne et elle portera dans le film toute la malédiction des femmes de voyou sur les épaules.

Pour jouer les Nick Venturi ou les Francisi, c'est vers la coproduction et l'Italie que nous nous tournons. D'une pierre deux coups, c'est là-bas que l'on va chercher aussi le capitaine « américain » du « Combinatie ».

Grâce à mon amie Christine Leroux, on prend rendez-vous avec deux pointures : Giuliano Gemma, le Delon italien, et Jack Palance.

En apprenant que je vais rencontrer l'acteur américain, Lamperti me commande une photo dédicacée de lui.

C'est à Rome, par un temps mi-figue mi-raisin que nous nous retrouvons, Catherine Winter, Daniel Vigne, Christine Leroux et moi au premier rendez-vous. 11 heures 30 chez Giuliano Gemma.

On cherche un « dur », mais en fait c'est Madame Gemma qui mène les débats. Lui, effacé, écoute sans rien dire. Après un verre sur leur terrasse à la romaine, nous nous promettons mutuellement une décision dans les prochains jours.

Dès les premiers pas hors de l'immeuble, nous sommes tous unanimes :

– Manque de c..., surtout quand on connaît Venturi.

Ce ne sera pas Gemma.

On ne prendra pas, non plus, Jack Palance. On le retrouve dans une *trattoria* où nous déjeunons autour d'une grande table. Il ne parle pas... il murmure !

En bout de table, je n'entends rien de ce que dit l'acteur que j'ai tant de fois admiré à l'écran. Je commence à m'énerver. Le déjeuner est bref et on se quitte dans l'incompréhension totale. Je n'oublie cependant pas la photo pour Lamperti.

Finalement le résultat est faible. On est venu jusqu'à Rome pour rencontrer deux stars avares de paroles ou aphones !

Heureusement, Catherine Winter va réagir. Quand, pour remplacer Palance, elle me propose Henry Sylva qui est libre, je saute au plafond.

Sylva, c'est l'équipe Sinatra de *Les Trois sergents* ou de *L'Inconnu de Las Vegas*, et c'est le truand sicilien de Johnny Cool le mythique. Trop beau. Je rêve. Bravo Catherine.

Pour les Venturi et les Francisi, elle choisit Angelo Infanti qui a eu le bonheur de jouer dans *Le Parrain.* Il est celui qui trahit Pacino dans la partie du film se passant en Sicile. L'autre ce sera Vittorio Sanipoli, vedette de la RAI, grâce à son interprétation de Maigret dans la série italienne pour la télé.

Reste les troisièmes couteaux. Sur Marseille, nous recrutons des repris de justice qui veulent arrondir leurs retraites. On veut des gueules. Des authentiques voyous. On décide de soigner les « silhouettes » comme dans les polars américains. À Paris, on me recommande un restaurant du quartier de la Bastille :

– Patron et clients, ils devraient tous te plaire !

C'est vrai. Le patron, Bernard Defive a tenu un bar américain dans le quartier de l'opéra à Marseille et même un restaurant à Pigalle (*Le trou du Lapin*). Il sait de quoi je parle et il a la gueule de l'emploi !

En plus, nous nous sentons proches. Il va devenir mon meilleur ami, le plus fidèle. Celui à qui tu téléphones et dis :

– Envois moi trois briques, j'en ai besoin !

Et qui te les envoie. Sans question.

Ça a marché dans les deux sens, sans problème et sans défaillance. Je lui donne un des principaux rôles. Il n'a jamais fait l'acteur mais va très bien s'en sortir.

Quant aux clients, eux aussi sont spéciaux. Des voyous. Marseillais. À leur tête, un jeune et redoutable loup : Daniel B. Là aussi, contact immédiat !

Il nous reste à obtenir les contrats officieux pour le tournage. Pour ça, nous nous rendons à Marseille, Daniel Vigne et moi.

C'est Lamperti qui, le premier, va nous aider. On traîne avec lui dans les petits bars près de l'Opéra et nous rencontrons les survivants du clan Guérini. Mais il est décimé, n'a plus grand pouvoir et nous devons chercher ailleurs. Finalement, par certaines connections, le script parvient jusqu'au clan Venturi. Cet homme a été l'un des principaux protagonistes de l'affaire et est entouré par l'équipe *des Trois canards*, le redoutablement célèbre bar de Paris.

Très vite, le verdict tombe et nous réjouit :

– OK, mais changez quelques phrases.

Le scénario nous est rendu avec quelques ratures et des phrases soulignées de jaune. On les transforme et, en échange, nous obtenons la permission de tourner à Marseille sur les lieux-mêmes de l'histoire.

C'est miraculeux. Quelques mois auparavant, *Borsalino*, commencé dans le quartier du Panier à Marseille a dû émigrer vers Nice après des incidents ayant perturbé le tournage. Par ailleurs, devant la dangerosité de notre histoire, nullement oubliée ici, et à cause de la terrible vendetta qui s'en est suivie, comme certains belligérants sont toujours vivants, on m'assure d'une surveillance technique qui sera en même temps ma protection. Deux gardes du corps me sont fournis qui ne me lâchent pas de tout le tournage afin d'aplanir les éventuels problèmes à venir.

Ça ne peut pas mieux tomber. Il s'agit de Robert Sagna, dit Robert Le Noir, et de Francis Tourdre, dit Francis Le Rouge, mon tandem stendhalien par la couleur, mes meilleurs copains à Marseille. Pendant le tournage, ils deviendront mes amis avec un grand A et un grand cœur.

Vu leur réputation, ma protection rapprochée, qui est aussi celle de Gaston Deffère, est assurée, et celle du film en même temps.

CHAPITRE 12
LES ACTEURS

Le premier à lire l'histoire c'est Lino Ventura.

Il est vraiment gentil. Parfois, nous allons prendre ensemble un café au troquet du coin sur le coup de 14 heures, avec Tiffanie. Il est gentil, mais pas très bavard.

Charles Gérard m'affirme qu'il est intéressé parce qu'il s'est fendu d'un laconique :

– C'est intéressant !

Chez lui, me dit Charlot, c'est déjà beaucoup. Mais le temps de nous retourner, il est trop tard. Il vient de dire oui à Pinoteau et ils vont faire ensemble *Le Silencieux*.

Pourtant, avec sa gentillesse coutumière, il va essayer de me consoler en me conseillant :

– Tu devrais demander à Michel (Constantin) et à Bozzu (Marcel Bozzufi), ils iraient bien ensemble…

Nous écoutons le conseil et, avant de choisir un scénariste, Daniel Vigne et moi, nous rencontrons les deux acteurs.

Winter nous a confié les rênes de l'affaire « artistique » et se garde seulement la partie contrat et finances.

Constantin est le premier séduit tandis que Bozzufi, après l'accord du premier, n'hésite que quelques jours avant d'accepter l'aventure, sous réserve bien sûr, tous les deux, d'être d'accord sur les conditions.

Catherine choisit le scénariste Jacques Robert, un vieux routier du polar. Ce ne sera pas son meilleur choix. Trop « parisien » (il tient un restaurant à la mode, à St-Germain, où je vais souvent dîner), trop folklorique, et démodé dans ses dialogues, on se croirait dans un Lemmy Caution !

Je dois rapidement mettre le holà et tout réécrire. Je lui laisse la signature mais je refais presque tout avec l'accord de Bozzufi. Le jour, je réécris les dialogues et le soir, chez Vigne ou chez Bozzu, nous répétons en tête-à-tête. La belle Françoise Fabian nous prépare les pâtes. C'est une période magique !

Financièrement, SOFRACIMA organise son montage avec une coproduction italienne et les repérages sont effectués par Vigne, mais il faudra tout recommencer lors du tournage avec Catherine et l'aide de mes « amis ».

CHAPITRE 13
LE TOURNAGE
OU LE TEMPS DES VOYOUS

Reste à assurer le tournage. Un film dans le film !

Ce tournage va faire couler beaucoup d'encre et fera parler avec passion dans les petits bars, tout autour du Vieux Port.

Marseille, porte de l'Orient, a le regard tourné vers la mer. Autrefois, c'est de là qu'arrivaient les conquérants et l'aventure. Aujourd'hui, c'est du nord que tout arrive. De l'autoroute, du TGV ou de Marignane. Comme nous !

Nous sommes une équipe de « Parisiens » venus pour donner encore une mauvaise image de la ville. Heureusement, le pastis jette des passerelles entre les hommes et ceux que la presse appelle rapidement « la bande à Léo » essaient de se faire adopter.

Aidés par *Le Soir*, qui le 27 septembre 1972, titre sous la photo de l'équipe : *La bande à Léo* : « … toute ressemblance avec la réalité serait fortuite, mais ce qui n'est pas fortuit, c'est le talent et l'esprit d'équipe de la bande à Carrier, des sacrés bonshommes ces Hommes ».

« Truandissimo » titre *Le Film français* le 10 novembre. Pour *L'Express*, c'est « Le juste milieu » le 20 novembre. Le Provençal, après avoir annoncé « On tourne *Les Hommes* à Meyrargues » le 21 septembre, déclare « D. Vigne tourne un policier sans policier ». « Bozzufi et Constantin règlent leurs comptes » dans *Le Figaro* du 9 août, qui ajoute le 3 octobre : « Rififi marseillais ». *Le Point* du 11 décembre donne tous les détails du tournage sous la manchette « Le Milieu donne son visa ». Bref la presse sera près de nous pendant et après.

Mais, en même temps, un autre « film » policier se déroule, parallèle au nôtre. C'est d'abord l'affaire dite de « la villa ». Avec mes amis Le Rouge et Le Noir, on décide de mettre en veilleuse les incidents qui vont traverser le tournage. Rien balancer.

Vigne, malgré nos recommandations, voit la chose différemment et n'hésite pas à tout balancer à la presse. Coup de pub ou naïveté ?

L'Aurore raconte : « Je me suis entouré de conseillers techniques hautement qualifiés, c'est-à-dire d'anciens truands ou gardes du corps. C'étaient les meilleurs assistants qu'on pouvait me donner, ils connaissent toutes les combines et les filières. D'ailleurs, quand nous tournions dans une luxueuse villa du Prado, un soir, nous nous apercevons qu'un bronze d'art du XVIIIe a disparu. Vers minuit, j'avertis mon régisseur qui part aussitôt en chasse avec sa fine équipe (*sic* !). Au matin, ils étaient déjà au parfum, une personne importante dans le Milieu les assure qu'on va faire le nécessaire. Rendez-vous est donné à mon régisseur. Il devra se rendre dans tel café, laisser la voiture portière ouverte et attendre un coup de fil. Dix minutes plus tard, le téléphone sonne. Tout est réglé, le régisseur rejoint sa voiture, le bronze était posé sur la banquette arrière, en évidence… » Fin de Citation.

Ce compte-rendu de *L'Aurore* va déclencher une guéguerre avec ce régisseur et d'autres personnages et je vais devoir faire intervenir l'équipe de B., artillerie à la ceinture si ça continue.

Puis c'est l'affaire du racket. Je reçois à mon bureau parisien, un coup de fil. On me demande de l'argent pour laisser continuer le film. C'est un racket pur et simple. Anonyme. J'appelle Robert Le Noir à Marseille et l'informe.

– T'affole pas mon pote ! Ça ne peut venir que d'un mange-merde, tu reviens quand ?

– Demain, pour le tournage au cimetière, et l'enterrement au Panier.

Le « coup de fil » m'a donné rendez-vous au cimetière Saint-Pierre.

– Je viens te chercher à Marignagne et on va y aller ensemble à ton rendez-vous !

L'auteur du coup de fil se révèle être un restaurateur. Il est petit parent avec un des protagonistes de l'histoire et espère en tirer bénéfice.

Quand il me voit arriver avec Robert, l'homme devient pâle. La réputation de mon garde du corps est telle que le racketteur se voit déjà mort. Il accepte avec soulagement l'amende que lui inflige Robert avec beaucoup d'humour : il devra offrir une bouillabaisse d'honneur à l'équipe du film. Robert décide de ne pas venir, pour ne pas gâcher l'ambiance.

– Attention, s'il te manque, toi ne le manques pas. Tu es moi ! Fais comme si…

Faire comme si j'étais Robert ? Je vais prendre l'habitude si ça continue. Un soir, vers les trois heures du mat', Robert s'arrête devant un bar américain du port et me demande :

– Tu veux bien aller me prendre la comptée, je suis fatigué… Demande l'hôtesse, elle te donnera mon blé !

Je rentre. Il y a quelques macs, des voyous et une hôtesse derrière le bar. Quand je lui demande le fric de Robert, elle me demande, agressive :

– Et qui tu es toi ?

– Un ami de Robert. Il est là, dehors dans la voiture… Prudent !

En écartant les petits rideaux du bar, les voyous voient un Robert hilare qui m'attend dans la voiture.

À mon retour dans le véhicule, il éclate de rire pour me dire :

– Tu vois mon pote… maintenant ça y est… tu es un mac !

Après l'affaire de la villa et le racket, c'est l'enterrement au Panier. Dans le film : il est prévu un enterrement en grand apparat, style mafia. Troublante coïncidence, trois hommes viennent de trouver la mort, le 5 septembre, dans un authentique règlement de comptes et leur enterrement coïncide avec celui du tournage. Les deux cortèges se croisent au cœur du Panier. Nous, étonnés et gênés, les autres ulcérés et au bord de l'explosion contre nous.

Francis Le Rouge était prophétique quand, quelques jours auparavant, il me disait, au sujet de la tentative de racket :

– Comment peut-on te casser les couilles pour une histoire de cigarettes dans un film alors qu'aujourd'hui Marseille nage dans la coke. Tout va recommencer, mais cette fois les sommes en jeu seront loin d'être les mêmes.

Il a raison. Une seule transaction de coke ou d'héroïne peut rendre très riche le premier voyou venu. La guerre en sera d'autant plus sans pitié et un bon Indien sera un Indien mort. Simplement l'Indien c'est toujours l'autre et l'honneur des survivants, ce sera de survivre !

Ce règlement de compte du 5 septembre signe le début de la terrible guerre qui va opposer Tany Zampa et le Belge.

Des deux protagonistes j'en connais un, Zampa. L'autre, jusque-là je ne l'ai jamais rencontré. Et là, coup sur coup, je vais croiser sa route à plusieurs reprises.

D'abord avec l'enterrement croisé incidemment au Panier. Les journaux ne le citent pas mais le bouche-à-oreille des bars que je fréquente la nuit commence à parler sérieusement de lui.

Puis arrive la tentative de règlement de compte dont est victime mon ami Le Rouge, mon garde du corps !

Dans le livre *Le Belge*, paru chez Stock, l'auteur, Thierry Colombier, prétend que le Belge a renoncé à entrer dans le bar où se trouve le clan Francisi, près de l'église des Réformés. Sans doute à cause de la casserole d'indic que Tany lui a accroché.

En repartant, le Belge, irrité, croise Francis. D'une parole à l'autre, Le Rouge, que je sais assez proche de Tany, balance une vanne sur les indics. Ils sont dans la R16 du Rouge, arrêtée devant la boîte *Le Passe-temps* que mon ami tient rue Fortia. Le Belge brûle d'envie de venger les soldats qu'on lui a tué quelques jours auparavant. Francis Le Rouge n'y est pour rien mais la colère monte. Elle risque d'être mortelle et Le

Rouge le sent. Il s'échappe en courant de la voiture. Le Belge était assis à ses côtés et un ami du Belge derrière.

Je tiens la suite de la bouche du Rouge :

– Ils sont deux et me courent après, et je sens qu'ils vont me fumer ! Je rentre dans le bar en face en criant pour avertir tout le monde, et je plonge par terre… ils tirent et je morfle les balles en séton…

Dès que j'apprends la fusillade, je téléphone chez mon ami. Sa femme me rassure. Il est sauvé et il n'a besoin de rien. Peu après c'est lui qui me rappelle :

– Putain, je reviens de loin, mais maintenant je ne crains plus rien, c'était une erreur…

Quelques jours plus tard, chez lui, nous fêtons son retour chez les vivants, à trois, Le Rouge, Le Noir, et moi.

Même s'il affirme ne plus rien craindre, il prend quand même toutes précautions utiles afin d'éviter une récidive et ajoute :

– Il n'y a que Robert et toi qui savez où je me trouve…

Après réflexion je me dis que la chance a été avec moi. À deux jours près, je me trouvais avec Francis dans la voiture au moment où il a croisé le Belge.

Je vais recroiser quelques jours plus tard la route du Belge. Je suis remonté à Paris et je rends visite à une copine qui veut absolument que je m'occupe d'elle : Maria V. qui habite près du Palais des Congrès. Je lui raconte la fusillade du Rouge et, imprudemment, je ponctue d'un :

– Quel enfoiré ce Belge… Tany et Le Rouge, ce sont des amis, lui certainement pas ! »

C'est con. Je ne connais pas ce mec et je n'ai pas à juger. D'autant plus que le Rouge ne m'a peut-être pas tout dit...

À mes paroles, je vois Maria devenir toute pâle puis elle me pousse vers la porte prétextant un rendez-vous important qu'elle avait oublié. Le soir, elle m'appelle pour s'excuser :

– De quoi, Maria, un rendez-vous c'est un rendez-vous...

– Non, excuse-moi de ne pas t'avoir prévenu.

– De quoi ?

– Le Belge, c'est mon copain... il était dans la cuisine quand tu as parlé.

J'avoue que longtemps j'ai été mal à l'aise à l'évocation de ce souvenir, surtout que le Belge n'avait qu'une idée en tête : se venger de Zampa et de ses amis.

Vigne souffre pendant le tournage. Son séjour à Marseille n'est pas facile et ses gaffes, comme l'affaire de la villa, n'arrangent pas les choses.

Avec Lamperti, il ne tient pas parole, oubliant de préciser à la régie qu'il faut absolument l'engager. On le lui doit. Il a été le premier à nous aider pour ce film. Lamperti tourne deux jours avec la figuration puis doit être engagé comme chauffeur pour la durée du tournage. La boxe est loin et comme tout le monde, il a besoin d'argent.

Un jour, alors que nous tournons sur la Corniche, Lamperti et sa femme Janine font irruption sur le plateau. Il saisit Vigne par le col et je dois vite intervenir avant que ça dégénère. Après explications, on comprend d'où vient l'oubli. À la régie, il y a un vieux Marseillais, Roch Siffredi, dont Delon utilisera le nom pour ses Borsalino. La réputation de Lamperti et la difficulté de le gérer font que le vieux régisseur préfère s'en passer. Vigne oublie sa promesse et nous décevons fortement mon ancien copain.

Ensuite c'est lors d'un casting figuration que Vigne va donner libre cours à sa gafferie naturelle. Il refuse trois filles pour des silhouettes de putes. Prétexte donné : elles ne font pas assez putes ! Manque de pot, ce sont les vraies gagneuses de Robert Le Noir à qui j'avais donné le plan du casting la veille au cours d'un dîner avec ces demoiselles.

– Putain, maintenant, avec ces filles, j'ai plus de figure. Ton Daniel, à l'avenir, ne l'emmène plus avec toi le soir quand on sort, je pourrais m'énerver…

Daniel prouvera son talent et trouvera sa voie plus tard en tournant *Le Retour de Martin Guerre*, mais, pour Marseille et *Les Hommes*, il était trop jeune et trop inexpérimenté.

Je quitte Marseille et rejoins Paris pour reprendre les rênes des Éditions 23 en attendant que *Les Hommes* soient prêts pour la sortie.

CHAPITRE 14
APRÈS LE TOURNAGE OU LE TEMPS DES VOYOUS (SUITE)

À Paris, rapidement, je commence à recevoir des coups de fil anonymes. Voix masculine, un peu âgée, accent marseillais assez fort. On me menace de mort en me donnant pour mauvaise raison :

– Tu nous as assez cassé les c… avec ton film !

Je ne prends pas les menaces vraiment au sérieux, jusqu'au jour où dans le métro, par un jeu de reflets dans les vitres du wagon, je surprends deux hommes qui se font des signes en me désignant. Dans une sorte d'inconscient, je me dis que ces mecs, je les ai déjà vus dans la rue. Derrière moi. Mon esprit les a enregistrés, sans vraiment imprimer.

Quand je sors du métro, ils sont encore là, derrière moi, chacun sur un trottoir, et je réalise qu'ils devaient me suivre depuis plusieurs jours. J'ai l'impression de les connaître…

Je rentre chez moi, avec mes deux suiveurs, pas très discrets, toujours à mes basques.

Arrivé à mon appartement, je regarde derrière les volets entrebâillés. Ils sont toujours là. Du moins l'un d'eux. L'autre a disparu. Peut-être entré dans le couloir, peut-être derrière la porte. Je pense au flingage du Rouge.

À l'effroi de ma fille, je prends une arme et je ressors.

Quand j'arrive dans le square, il n'y a plus personne. Je m'empresse de téléphoner à Robert Le Noir.

– Qui tu soupçonnes ?

– X… Je cite le régisseur avec qui j'ai eu un accrochage.

– Tu rigoles… trop vieux… pas la taille… et pourquoi ?

– Et le Belge ?

– Aucune raison… il ne te connaît pas.

– Alors qui ?

Robert suggère une idée que je crois un moment être la bonne. Du moins pour la filature :

– Les condés… Aimé Blanc, il sait que tu es ami avec nous.

Aimé-Blanc, c'est un copain d'enfance. Danseur de *be-bop* quand je chantais dans les caves existentialistes de Marseille. Par la suite, entré à la police, il a brillamment gravi les échelons, tour à tour chef de l'Antigang puis patron des Stups, il est devenu patron de l'OCRB[1] au moment de la fusillade avec Mesrine.

À plusieurs reprises, il m'a rencontré avec des « crânes » qu'il connaît bien et en a été gêné. Plus tard, devenu lui-même le petit ami de Maria V., il m'invitera au restaurant pour essayer de m'inciter à prendre en mains les destinées de la chanteuse. Au cours de ce repas, il me balancera même quelques vannes du genre :

(1) - Office central de répression du grand banditisme.

– De toute façon, ton Francis Le Rouge, je vais le serrer un jour ou l'autre.

Je ne relève pas, mais c'est à mon tour d'être gêné. Dommage, je l'aimais bien.

Après les coups de fil anonymes, quelques jours passent puis les appels reprennent. Plus inquiétants car on menace de s'en prendre à ma fille. Là, bien sûr, je sais qu'il ne s'agit pas d'Aimé Blanc.

Dans le restaurant de la Bastille, je retrouve l'équipe de B. et je m'ouvre à eux des appels téléphoniques reçus. Nous sympathisons et nous passons toutes nos nuits dans une Discothèque des Champs-Élysées tenue par un vieux copain, Raymond M.

B. et son équipe apprécient l'endroit et la sagesse du patron que nous considérons tous un peu comme un gourou. Comme si mes nouveaux amis effrayaient mes tourmenteurs, bizarrement, les coups de fil cessent du jour au lendemain et resteront à jamais inexpliqués.

Mais la bande à B. est en guerre avec presque tout Paris. Ils sont, bien sûr, dans le conflit qui oppose faux Italiens (ceux de la banlieue Sud), vrais Italiens, Marseillais et Juifs Pieds-Noirs. On appelle ça à Paris, la guerre des Zemmour. Daniel mène ses hommes à la baguette. Il reçoit Sinatra à Biarritz et essaye de monnayer pour lui l'achat du casino de la ville. Devant le refus de la municipalité, le *crooner* américain repart aux USA furieux et demande un dernier service à Daniel, devenu son contact en France : lui trouver quelqu'un du show-business pour ses affaires au Canada[2].

Retour à Paris pour la post-production. Je retrouve volontiers les Films 13, les Éditions 23, et l'avenue Hoche.

(2) - Voir l'article du magazine LUI (1973) intitulé « LE BAL DES MAUDITS ».

Problème : pour boucler le budget (pub, copies, etc.), il manque environ cent briques d'après Catherine Winter. Elle me demande si je connais quelqu'un voulant investir dans le film et je me mets donc en chasse.

Dans ce film, j'aurai décidément tout fait ! De l'écriture à l'acteur, de l'assistant metteur en scène aux repérages et de l'attaché de presse à la production…

Malheureusement, cela m'a fait replonger totalement dans le monde des voyous. À Marseille, j'ai écouté, j'ai entendu, j'ai vu et j'ai partagé. Ma route croise à nouveau celle de personnages douteux, mais cette fois, au plus haut niveau.

J'ai croisé le Belge sans le voir, Tany Zampa sans m'y arrêter, Robert Le Noir et Francis Le Rouge avec affection, Venturi et ses amis, avec reconnaissance et respect. Et voilà qu'à mon retour à Paris, je me mélange continuellement à B. et ses soldats.

Daniel B., je le manie du bout des doigts, sans secousse, comme on ferait avec de la nitro par peur que ça vous éclate au visage, avec distance. Pourtant si j'entends autour de moi des réflexions empreintes de crainte et d'hostilité, je n'ai personnellement pas à m'en plaindre. Durant les quelques mois qui verront s'étendre nos relations, il me propose plusieurs affaires : celle de Frank Sinatra dont nous reparlerons par ailleurs, celle de son écriture sur l'Anarchie dont il voudrait tirer un film avec Anthony Quinn que je ne connais pas encore, et celle de la maison de production discographique :

– Je mets du blé… beaucoup de blé… on monte une maison de disques dont tu t'occupes et tu me dis ce qu'il faut pour que ça marche !

– De la promo… beaucoup de promo… Il faut que les programmateurs radio passent nos disques. Que la télé prenne nos artistes…

Je cherche tout ce que je peux dire pour le décourager, mais Daniel n'est pas homme à renoncer facilement :

– Tes programmateurs, ce sont des hommes et des femmes comme les autres. Donc ils ont des faiblesses, des failles… tu nous dis… Ils sont pédés ou lesbiennes ? On leur met des gens à nous dans leur lit ! on filme, on les coince… Ils sont accrocs à la blanche, on fournit ! Ils ont besoin de fric ? Facile, au début, on donne… Pareil pour la télé, et quand on les tient, on les prend par les c… et on ne les lâche plus… À la rigueur, pour l'exemple, on en casse un ou deux et les autres marcheront !

Le projet a été à deux doigts d'exister. Et puis l'affaire Sinatra est arrivée là-dessus et a tout balayé.

Ensuite il s'adresse à moi pour aider ses soldats tombés en prison. Il faut lui trouver un bon avocat du pénal. M. et moi avons la même idée : Maître Bazzoli, un Marseillais que j'ai bien connu dans mes jeunes années et avec qui j'ai joué au foot.

Avec trois de ses soldats, mes rapports sont plus chaleureux. Max, Eddy et Dany sont inséparables. Ils me prennent en amitié et là aussi j'écoute, j'entends et je vois.

Je vais souvent déjeuner chez Max, dans son restaurant près des grands boulevards, Eddy vient souvent dîner chez moi où je le mélange avec des producteurs, des éditeurs et des artistes, souvent étrangers de passage, qui le trouvent pittoresque et même gentil (*sic*) Max, lui, est gentil. Eddy et Dany sont des teignes. Armés comme des porte-avions et toujours sur leurs gardes car ils sont en pleine guerre avec les Zemmour, sans parler des nombreux conflits que Daniel génère par son ambition et son absence de concession.

Je me souviens d'une nuit où nous sortons de notre « port d'attache », le club Discothèque de l'ami M. Nous sommes plusieurs. Que des garçons ! L'un d'entre eux, d'humeur facétieuse, lance un brusque :

– *Méfi, méfi* (« attention ! »), couchez-vous !

Il feint de se jeter à terre et nous voilà tous, craignant le règlement de comptes, à plonger sur le sol humide de crachin dans nos beaux manteaux et nos costumes.

Le seul qui n'a pas plongé c'est celui qui a crié. Il meurt de rire, réjouit de la bonne farce qu'il nous a jouée. On a cru à un tir groupé des Zemmour. Ça aurait éliminé trois soldats d'un seul coup, moi inclus, assimilé à l'équipe B.

On m'avait prévenu :

– Ne sors plus avec eux ou tu vas morfler en leur compagnie.

Sur l'instant, je repense à cet avertissement. Puis, nous sautons sur le farceur avec l'envie de lui mettre des coups. Nos tenues sont maculées de boue et c'est dans un état lamentable qu'on entre à la Calavados pour y dîner.

Au resto, l'ambiance est à la grogne, mélange de colère et de peur. Alors, quand le serveur s'approche, soit parce qu'il dit une bêtise, soit parce qu'il est trop long, Eddy ou Dany, je ne sais, envoie son calibre dans le plat de spaghettis… Bonjour l'ambiance !

Quand Eddy tombera en prison, un jour, je lui écrirai et l'aiderai. Max, retiré du circuit après la mort de B. Dany, décédé lui aussi, je reverai donc de temps en temps seul Eddy, qui me présente ses nouveaux partenaires impliqués dans les guerres des machines à sous. J'apprendrai sa mort brutale peu de temps après son départ pour l'Espagne.

Mais revenons à 1973. Mes trois compères sont alors en pleine forme et me demandent une projection privée avant la sortie du film. Question de voir comment je traite leurs anciens sans doute.

Pour les 100 000 briques qui manquent, on peut faire sans. Pourtant je les avais trouvés ! Grâce à une copine, attachée de presse le jour et pute la nuit. Pas vraiment pute, plutôt michetonneuse. Parmi ses clients, un homme d'affaire se dit intéressé par le cinéma. Pour lui, cent briques c'est rien et je le rencontre. En fait, l'homme d'affaires est en réalité un trafiquant d'armes ayant pignon sur rue et des contacts avec les R.G.[3]

Et puis, au moment de filer le blé, il a un problème et se trouve obligé de renoncer. Devant l'indignation que nous montrons, Catherine et moi, il nous fait un courrier avec lequel nous parvenons à faire patienter certains créanciers jusqu'à l'arrivée des avances sur les ventes à l'étranger.

Max, Eddy, et Dany sont venus assister à la projection avec leurs dames et tout ce petit monde sort de la séance avec le sourire aux lèvres :

– C'est bien… c'est pas un film de balance… tu as respecté tout le monde…

Ils sont dans les meilleures dispositions avec moi et comme c'est le moment de mes emmerdes sans savoir avec qui, ils concluent le rendez-vous d'un :

– Dès que tu sais qui te cherche des emmerdes, tu nous le dis et on descend à Marseille faire un carton !

(3) - Renseignements généraux (services de police).

Le film sort. Charles Gérard, de mon bureau, interroge par téléphone, les salles où sort le film afin de connaître les premières entrées. Il m'affirme que c'est bon et je le crois car Charlot est un spécialiste de l'analyse de ces chiffres.

La première du film se passe à Marseille, au cinéma *Le Rialto*, le 13 mars 1973. Un 13, ça plairait à Lelouch !

Bozzufi, installé à l'hôtel Noailles sur la Cannebière, est anxieux de l'accueil local et me demande de ne pas le quitter de la journée. C'est ensemble que nous nous rendons à la projection. La salle est pleine et je me dis que si l'on additionnait les années de prison des spectateurs présents, le total serait particulièrement impressionnant. Le Rouge et Le Noir sont là bien entendu. La veuve d'Antoine Guérini trône au milieu de la salle… c'est un mini-événement mondain dans le « Milieu » marseillais.

Au moment où Bozzufi flingue son copain Constantin, un spectateur des premiers rangs s'écrie « Enc… ! » d'une voix outrée et la mort de Bozzu est saluée d'applaudissements. La salle a vécu le film.

Depuis, chaque année, le film repasse à la télévision. En avril 1979, il fera même 51 % de taux d'écoute lors d'un passage sur la chaîne FR3 (France 3). Aujourd'hui, en 2006, il n'est pas rare qu'on me téléphone au moment où le film passe sur une des nombreuses chaînes de télé pour me faire des commentaires. Je ne suis pas sorti de cette aventure comme j'y étais entré.

Lorsque j'en sors, un peu traumatisé par les péripéties vécues, j'ai malheureusement plein de voyous dans mes poches, à ma table, dans mes réveillons ou mes vacances, et il va me falloir beaucoup de temps et de diplomatie pour arriver à prendre mes distances.

D'autant plus que, le 1er avril 1973, éclate sur le Vieux Port de Marseille, au bar *Le Tanagra*, une fusillade qui est la réponse du Belge à Zampa. Dans la plupart des bouquins qui sortiront sur le sujet, les différents auteurs attribueront la paternité de ce règlement de comptes au Belge qui décide de venger ses amis, abattus lors de l'été 1972 pendant le tournage de mon film. Une des victimes du *Tanagra*, L., aurait été l'un des responsables de l'exécution de 1972, au service de Zampa. Je mets tout au conditionnel !

Dès le jour de la fusillade au *Tanagra*, le téléphone sonne à la maison et les journalistes qui ont vu *Les Hommes* me demandent mon opinion sur ce qui se passe à Marseille. À quel titre ? Je pose la question. Le silence de mes interlocuteurs, plein de sous entendus, est révélateur.

Rendez-vous est pris avec le seul André Vigo, journaliste à *L'Aurore*, au Fouquet's, dans la soirée de ce même dimanche. J'emmène avec moi Marcel Sicard, journaliste de la radio afin d'avoir un témoin de ce qui va se dire. J'explique au journaliste André Vigo que mon film se passe dans les années 1950 et que nous sommes dans les années 1970, donc rien de comparable. Il me répond que si, au contraire, et que s'il m'interviewe c'est parce que mon film est trop proche de la réalité pour avoir été écrit par un « cave » et qu'il sait que je suis ami avec X, Y ou Z.

Je m'en sors par des pirouettes mais le mardi 3 avril 1973, dans un grand article intitulé « La bataille pour Marseille », *L'Aurore* me cite comme « l'homme qui connaît le mieux le Milieu en France ». En fait, à la relecture de l'article je me rends compte que je n'ai fait que reprendre la conversation que j'avais eue avec Le Rouge pendant le tournage. L'article est repris un peu partout en province et en Belgique.

J'espère que le show-business de la chanson et du disque ne lit pas ce genre d'article mais *L'Express* du 7 mai en rajoute une couche avec un grand article de fond de plusieurs pages, intitulé : « Le revenant de la French Connection ». Qu'est ce que je viens faire là-dedans ?

Ces pages parlent des nouvelles filières de la drogue en France et aux USA et je trouve mon nom accolé à ceux de trafiquants notoires comme Condemine ou Croce et les noms des « familles » américaines comme les Genovese (dont Lino Ventura jouera un personnage à l'écran dans un film intitulé *Cosa Nostra*) s'affichent au-dessus du mien, le tout accompagné de photos d'arrestations à New York et de sanglants règlements de comptes à Marseille.

Certes, je suis cité en qualité d'expert du Milieu mais je trouve qu'on me cite plus souvent à présent dans ce genre d'article consacré au grand banditisme que dans les pages du show-business.

À la suite de ces articles, pendant un moment, pour les voyous et pour les journalistes, je fais un peu parti de la « famille » et seul le temps pourra me dégager de ce voisinage encombrant.

Quand elle me rencontre, ma nouvelle compagne va me prendre pour un mafieux tandis que les voyous eux-mêmes vont me considérer autrement. Ils vont vouloir me faire confiance, malgré moi, et chercher à m'embarquer dans de nouvelles embrouilles.

Tiffanie, ma compagne, va longtemps trembler de mes fréquentations. À la maison ou au restaurant, elle va les croiser, entendre parler de braquages et de règlements de comptes et verra même débarquer à notre premier réveillon ensemble, des copains en smoking avec champagne et calibres !

Pour prendre mes distances, je dois oublier Marseille, les « Hommes » et les copains.

C'est avec mon nom dans les articles de presse sur Marseille que je prends vraiment conscience de ce troublant exilir où baigne ma vie, entre stress et flingues.

CHAPITRE 15
LA FIN D'UNE ÉPOQUE

Ma dernière rencontre avec Daniel B. a lieu lors d'un dîner donné dans un *pub* de la rue Châteaudun. Pourquoi là ? Pour y être tranquille et parce que c'est proche des bureaux de M.

Daniel me demande d'amener avec moi l'avocat, Maître Bazzoli, qui doit défendre deux de ses soldats. Quant à Tiffanie, Daniel a envie de la connaître mais me recommande :

– Qu'elle vienne, mais au dessert ! On ouvrira le champagne pour elle à ce moment-là, pas avant. C'est un repas d'hommes !

Pendant le repas, Daniel se révèle à moi sous un jour nouveau : celui d'un auteur. Il me lit des pages entières, à haute voix, du poème épique qu'il a écrit sur l'anarchie. Depuis un moment, il m'a fait part de son désir d'en faire un film joué par Anthony Quinn et il compte sur moi pour faire ce que j'ai fait avec *Les Hommes.*

Tiffanie arrive sur le coup de minuit. Nous buvons le champagne, quand soudain dans le *pub* désert, arrivent trois hommes, tous vêtus de noir.

Soldats de Zemmour, ou commando punitif ?

Dans le doute, Daniel fait signe à ses troupes. Deux se placent au bar, deux devant les toilettes, l'un à une autre table, un dernier au vestiaire. Bref, les soldats se sont répartis aux quatre coins de la salle du *pub*.

Ne restent à la table que Daniel, M., Bazzoli, Tiffanie et moi. Traversé par une lueur de sagesse, Daniel nous demande de partir sur le champ. Quand nous arrivons dans la rue devant la voiture de Tiffanie, celle-ci tremble tellement qu'elle a du mal à introduire les clefs dans la serrure. On s'attend à tout moment à entendre des détonations en provenance du *pub*. Cette soirée-là aura été un ultime avertissement sans frais.

Cinq jours plus tard, B. est abattu en sortant du palais de justice de Dijon où il avait été cité comme témoin dans le procès du commissaire Javilley. Daniel est mort comme il avait vécu : avec violence. Ses idées anarchistes lui avaient ôté tout respect de la vie des autres. Or, c'est bien connu, dans ce milieu, le respect c'est la meilleure assurance-vie.

Du film, à ce moment-là, il me reste cependant encore des amitiés solides.

Bernard Defive, le restaurateur de la Bastille. Devenu un frère.

Francis Le Rouge, qui me déposait tous les matins à Notre-Dame-du-Mont. Il voulait écrire des scénarii, ayant pris goût au cinéma :

– Avec ce que je sais, et toi qui écris, on peut faire plein de films !

De cavale en cavale, je l'ai perdu de vue. Lui s'est un peu perdu dans la blanche.

Robert Le Noir qui me téléphone souvent à Paris. Notamment le jour où il se fait installer le téléphone à la maison :

– Mon pote… t'es le premier que j'appelle !

Robert avait des amitiés fulgurantes. Il m'a raconté qu'à la mort de sa mère, il ne savait pas où l'enterrer. Alors, ses amis des *Trois canards*, qui sont depuis devenus restaurateurs, propriétaires, ou éleveurs de chevaux, lui ont proposé une place dans leur caveau familial.

– Mais… ma mère est noire !

– Et alors ? Ses os, ils sont blancs comme les nôtres !, lui auraient-ils répondu faisant du Nougaro avant l'heure. En réalité, eux aussi lui témoignaient leur affection. Il leur vouera une reconnaissance éternelle. Aujourd'hui, Robert est mort d'une longue maladie.

Quatrième partie
Paris ou la Production

« J'aime croire que Marseille n'est pas une fin en soi… mais seulement une porte ouverte, sur le monde, sur les autres. »

J.-C. Izzo.

CHAPITRE 16
LA DÉTENTE

Nous sommes en 1972. Fin du tournage et retour à Paris. Je n'ai pas souvent rencontré B. lui-même. Je passe plutôt mes soirées avec ses soldats : Max et Eddy.

Pour me laver la tête, je pars faire une tournée européenne et je vais d'abord à Munich. Hans Beierlein et sa société Montana y ont ouvert un bureau Éditions 23. Rien de spécial.

Du fric – des avances, et ma société en a besoin –, de la bière et des nanas. Avec Francis Lai qui vient me rejoindre, nous partons faire un tour en Bavière et dans la neige de Garmichpartenkirchen (excusez l'orthographe !). Nous retrouvons Yvan Rebroff qui a demandé à nous connaître. J'attendais le colosse jovial du Violon sur le toit mais je découvre une folle tordue, timide et sympathique.

Ensuite, direction l'Italie. Milan. Christine Leroux, jeune Française émigrée à Milan, désire me rencontrer car elle veut représenter Francis Lai en Italie. Elle le connaît bien mais n'ose pas m'appeler à ce sujet car le bouche-à-oreille m'a transformé à ses yeux en épouvantail. Après une première communication difficile nous faisons cependant plus ample connaissance.

Elle est belle, intelligente, connaît tout le show-business italien et surtout tout le show-business italien la connaît ! Tout pour me plaire. Elle ouvre les Éditions 23 à deux pas de la Piazza del Duomo.

Alors que je m'apprête à lui rendre visite, elle m'appelle depuis Milan, un matin de bonne heure. Un vrai SOS. Tout va mal dans sa vie. Les affaires, les amours, le feeling...

Elle m'appelle à 10 du matin et, à 17 heures, je débarque à Linate, l'aéroport de Milan. J'adore la ville. Je me ruine en fringues, en disques et en BD. Christine connaît les meilleurs petits restos et me fait découvrir ainsi les pâtes à la langouste. Nous établissons un plan de promotion pour Francis et elle reprend courage. Quand je rentre à Paris, tout va mieux pour elle. Le moral et le business. Moi, j'ai retrouvé le show et découvert une amie.

J'ai également pour ami un certain Marcel Sicard, homme de radio célèbre pour son émission de l'ORTF : « Les maîtres du mystère » une policière hebdomadaire très écoutée. Par ailleurs, dans le Sud, tout le monde connaît son émission de variété « Coup de soleil » où il vedettarise mes amis Ange Damiani et Maryse Nicolai, chanteurs corses très appréciés.

Sicard emploie beaucoup de monde pour ses émissions, et notamment pas mal de jeunes comédiennes. Son jeu favori consiste à sélectionner les « bimbos » et à me les envoyer aux Films 13 en leur précisant :

– Il vient de faire un grand film : *Les Hommes*, et il travaille avec Lelouch. Si vous voulez faire du cinéma, appelez-le, il cherche des filles pour son prochain scénario…

Elles me téléphonent, viennent me voir, me vampent, m'invitent à dîner, chez elle où au restaurant, et certaines, plus audacieuses ou plus effrontées font presque des tentatives de viol (!) que ma secrétaire enraye en faisant irruption dans mon bureau toutes les cinq minutes.

L'une d'entre elles, sans doute trop inspirée par le cinéma, n'hésite pas à me rejouer la célèbre scène de Bardot et Gabin dans *En cas de malheur*. Elle demande à Colette, ma secrétaire, de nous laisser seuls un moment, puis s'appuyant sur mon grand bureau, elle me fait découvrir ses dessous troublants en me demandant :

– Comment trouvez-vous mes jambes ?

Ravissantes !

J'ai par ailleurs pour copine une jeune comédienne charmante : Christine A, à qui je n'ai malheureusement que peu de temps à consacrer. Quelques années plus tard une attachée de presse me confiera :

– Il paraît que tu connaissais bien Christine A. ?

– Oui, pourquoi ? Tu la vois parfois ? Elle est mariée, je crois… et qu'est-ce qu'elle t'a dit ?

Elle m'a dit :

– Léo ? Oui, je l'aimais beaucoup, mais il était un peu spécial… Dans les arrières salles des bistrots, à Pigalle, où nous nous retrouvions parfois, il me disait : tiens, touche… je vais te faire voir mon truc… Et sous la table, il me sortait son… revolver !

CHAPITRE 17
LA FEMME DE MA VIE

1973. Un vieux copain me téléphone pour me demander un service :

– Reçois ma secrétaire. Elle est charmante et travaille bien, mais elle veut surtout chanter... mais dis-lui franchement ce que tu en penses. Elle est divorcée, a une petite fille et elle voudrait s'en sortir.

Je dois bien ça à mon copain. À mes débuts à Montmartre, il m'a toujours soutenu. Je donne le rendez-vous en me disant :

– une fille de plus !

J'ai tout faux. Lorsque, à l'heure du rendez-vous, elle débarque dans mon bureau, elle est accompagnée de sa fille, de sa mère et de la chienne de celle-ci. Toute la famille !

En petit ciré rouge, comme sa fille, elle est mignonne, fraîche et rafraîchissante. L'opposé de mes bimbos.

Je prends sa cassette de « démo » et promets de l'écouter très vite. Quand, avec Francis Lai, nous l'entendons, c'est une bonne surprise. Sa voix lui ressemble, jeune, fraîche, faite pour la bossa-nova. J'ai envie de produire. Francis me laisse faire.

C'est le week-end et Tiffanie (son prénom) est en gala dans le midi avec l'orchestre Georges Jouvin. Secrétaire en semaine, danseuse et chanteuse le week-end…

Je lui envoie un télégramme dans le village où elle se produit pour lui annoncer la bonne nouvelle. Je suis sûr qu'elle sera ravie.

Je viens d'engager la femme avec qui je vais vivre le restant de ma vie, et qui va la changer cette vie, cette drôle de double vie.

Nous déjeunons ensemble souvent pour parler du disque que nous allons faire mais j'ai décidé de ne pas la draguer. De ce côté-là, j'ai tout ce qu'il me faut, sans oublier que je suis encore marié. Pourquoi stresser une jeune femme qui ne demande qu'à faire le métier qu'elle aime ?

Seulement voilà ! Tiffanie n'apprécie que modérément ma réserve. Logique féminine : si je ne la drague pas c'est soit qu'elle ne me plaît pas, soit, comme en concluent ses copines, toutes des belles âmes :

– Il serait pas un peu pédé ton producteur ?

Il faut une panne de courant dans un petit restaurant de l'avenue Wagram pour qu'elle prenne les devants. Elle m'embrasse tendrement et ça devient une autre histoire.

Quand nous sortons, le soir, assez rarement, elle est un peu surprise de mes fréquentations et s'étonne à son tour, comme jadis Christine A., du calibre passé à ma ceinture. À tel point que quand je l'emmène pour la première fois à Milan, elle signale à la gendarmerie de Maisons-Laffite où elle habite, son déplacement en Italie avec un Marseillais. Elle ne parle pas de calibre, bien sûr, mais redoute la traite des blanches.

À la place, elle découvre Christine Leroux, les pâtes à la langouste et les nuits dans les discothèques italiennes. Tous les petits matins, nous traversons la Piazza del Duomo, ivres de fatigue et de vin blanc italien.

À Paris, je suis tous les soirs au Club Discothèque tenu par mon vieux copain Raymond M., à côté des Champs-Élysées. Raymond est une sorte de gourou. Pour moi et pour les autres. Pour B. notamment. C'est dans ce club ou au restaurant de mon ami Defive, à la Bastille, que je croise le plus souvent Daniel. Il me propose d'abord « sa » maison de disques. Je refuse. Puis il me parle de Sinatra. J'ai déjà évoqué les liens inattendus qui le lient au *crooner*.

– Frank recherche un mec du show-biz pour l'affaire qu'il monte à Montréal. Il faut diriger maison de disques, éditions musicales, et éventuellement plus… resto ; boîte…

Un ange passe, venant tout droit de Corleone ! Daniel continue :

– Il veut un Français, pour la langue, mais bilingue, Italo-Américain, d'origine corse ou italienne, pour le *feeling* et ayant un gros CV dans le show… avec tout de même une certaine compréhension des voyous… enfin, bref, tu me comprends…

Donc, Raymond et moi, nous avons pensé tout de suite à toi. Côté *show-biz* avec Lelouch, *Un homme et une femme* ou *Love Story*, tu es blindé et tu corresponds tout à fait… Côté voyous, on est là ! Et je ne te parle pas de tout ce que tu auras : fric, limousine, villa, personnel, gardes du corps… Un vrai coq en pâte !

Grâce à moi, Daniel se voit déjà avoir un pied de l'autre côté de l'Atlantique, dans l'univers Sinatra.

Raymond, comme il le fera toute sa vie, poursuit un rêve inaccessible. Il aimerait être à ma place mais il ne peut pas : il lui manque le *pedigree*, l'anglais, et la liberté de le faire. C'est lui qui conclut d'un prometteur :

– On va lui parler de toi. Il faudra que tu ailles le voir.

Je me demande presque si ce n'est pas un poisson d'avril. Pourtant, il n'y a pas de hasard, pas de coïncidences. Rien que des rendez-vous !

CHAPITRE 18
LE JAPON

Au Midem 1974, Tiffanie est retenue pour représenter la France au Festival de Tokyo qui aura lieu au printemps. Le festival sera animé par Shirley Bassey et... Frank Sinatra. Incroyable ! Pourtant, M. n'est même pas étonné. Pour lui, c'est normal. Pour B. c'est trop tard, il est mort à l'automne 1973.

Je ne serai pas l'astéroïde qui le projettera vers la planète « Mafia US ». Je suis en tout cas soufflé de cet enchaînement d'événements. Je n'oublie toutefois pas que, si le projet prenait vie, je serai embêté pour la scolarité de nos enfants. D'autant plus qu'il n'est pas question que mon ex-femme me laisse emmener Isabelle avec moi.

J'ai passé l'été 1973 à Cassis où j'ai retrouvé mes copains Max et Eddy. Journées plage et soleil. En fin de soirée, je rejoins une pizzeria tenue par deux jeunes femmes qui m'apprennent à faire la pizza qu'ensuite nous partageons après la fermeture. Dodo à trois heures du matin. C'est là que je décide de tout quitter et de partir vivre avec Tiffanie.

C'est une grande et terrible décision qui me sépare d'Isabelle, ma fille. Pourtant Tiffanie a encore une concurrente, la dernière. C'est une michetonneuse, grande et brune, qui tremble, elle aussi, de mes fréquentations et que je retrouve angoissée, en compagnie de ma secrétaire, certains matins à l'ouverture de mon bureau.

– Qu'est-ce que tu fais là ? Pourquoi inquiéter Colette ?

– Cette nuit quand je t'ai quitté, c'était chaud, j'ai eu peur d'un règlement de compte !

Quelle histoire ! Heureusement que ma secrétaire est pratiquement au courant de tout… enfin presque ! Quand j'emmène ma brune au Discothèque, tous les mecs me sautent dessus.

– Quand tu la largues, tu nous le dis…

Tu parles ! Brune, cheveux longs, manteau de fourrure, longues cuissardes, elle les fait tous fantasmer. Et je vais la larguer. Je choisis Tiffanie. Pas la même vie ! Je choisis la lumière, le jour, le métier, bref l'avenir.

Les fils noués avec les voyous sont solides et c'est Tiffanie qui va m'aider à couper le cordon. Elle me sauve sans doute la vie !

Je sors un 45 tours avec deux titres de Tiffanie en Europe mais c'est avec un nouveau et troisième titre : « Ce soir, tu téléphones », que j'écris de concert avec Francis Lai, que Tiffanie va concourir au Festival de Tokyo.

Elle ne connaît pas encore B. Il me demande de la lui faire connaître lors du repas organisé pour que je lui présente Maître Marcel Bazzoli, cet ami d'enfance avec qui j'ai joué au foot devenu un avocat au pénal très réputé. Je l'emmène pour qu'il rencontre Daniel avec qui il doit parler de la défense d'Eddy qui vient de se faire serrer par les condés.

Comme je l'ai dit, le repas se termine dans le stress, mais pendant la soirée, et après avoir récité de longs passages de son poème sur l'anarchie, Daniel se réjouit de mon futur voyage à Tokyo.

– N'oublie pas que ta femme va défendre nos couleurs devant Sinatra !

Daniel se réjouit trop vite puisqu'il sera abattu quelques jours après ce champagne d'honneur pour Tiffanie et c'est avec Raymond que je vais poursuivre l'affaire.

Le Japon. Printemps 1974. Après vingt heures d'avion, nous arrivons à l'aéroport de Tokyo pour être englouti dans un tourbillon de photographes et d'attachées de presse, piaillant comme mille. Tout cela avant de récupérer notre chambre au Prince Hotel pour quelques heures de sommeil bien mérité.

Sauf que mon ami Tats Nagashima de United Artists Japan, m'envoie sa limousine et son chauffeur. Je le suis sans rechigner car j'aime beaucoup Tats et je laisse Tiffanie se reposer à l'hôtel. Le chauffeur me conduit dans un « bain japonais » grand luxe. Je ne peux toutefois pas apprécier comme il aurait fallu la superbe masseuse que m'avait commandée Tats. Seul, le massage me fait du bien !

Les répétitions commencent moyennement – j'apprendrai plus tard que c'est presque toujours comme ça au Japon et que c'est bon signe – et Tiffanie affronte les demi-finales d'un concours, supérieur à notre « Eurovision » sans prendre conscience des difficultés. J'ai plus le trac qu'elle !

Elle chante, accompagnée par un orchestre de plus de quarante musiciens et doit affronter des « adversaires » à la réputation mondiale confirmée comme Astrud Gilberto, Peter,

Paul and Mary, et Freda Payne, véritable star aux USA où elle a son propre show à la télé. Il y a aussi le petit prodige canadien René Simard.

Dans sa longue robe blanche de mariée romantique, Tiffanie séduit le public et le jury et se qualifie brillamment pour la finale du lendemain. Lors de cette finale, Shirley Bassey chante et Sinatra vient remettre sur scène les prix aux heureux lauréats.

Le *crooner*, entouré d'une armée de gardes du corps, remet le grand prix au petit René Simard et le prix de la meilleure chanson et du meilleur arrangement à Tiffanie. Bingo !

Dans l'après-midi, j'ai rencontré le chanteur américain, mais sans lui parler du Festival. Nous étions là pour Montréal !

CHAPITRE 19
FRANK SINATRA

« Jouer les jolis cœurs, ça se mérite chez les gros Siciliens de Canal Street »

Bernard Lavilliers.

Dans le taxi qui me conduit du Prince Hotel au Hilton, où séjourne mon idole et sa suite, j'ai tout le temps de penser à ce qui m'amène et à ceux qui m'y ont poussé. Le trajet dure une heure. Tokyo est asphyxiée par la circulation.

Si B. avait été le seul à me faire cette proposition, j'aurai sans doute refusé. « Si tu manges avec le diable, il te faut une grande cuillère » dit un proverbe chinois. Je redoute le diable quand il se prénomme Daniel !

Mais il y a M. Lui et sa femme, la belle et fidèle Dominique, je les connais depuis mon adolescence et je les aimais déjà. Il était docker, et communiste, pur et dur. Comme Montand qui le fascinait et qu'il imitait quand il chantait dans des galas organisés par le parti. Il avait une place à part dans le microcosme du *show-biz* marseillais. Collaborateur de J. R. Laplayne, futur brillant rédacteur en chef de quotidiens méridionaux, Raymond monte à Paris où il connaît une belle réussite d'auteur et éditeur.

Curieusement, il a pourtant toujours cultivé le phénomène de « bande ». D'abord, dans le *show-biz* où il est toujours entouré d'artistes marseillais comme les pianistes Henry Byrs et Marcel Rossi ou les chanteurs Franck Fernandel ou Montel, puis au Club Discothèque à Paris dont il prend en main les destinées, entouré de toute la voyoucratie marseillaise à laquelle se joindront des artistes comme Pascal Jardin ou Mort Schuman pour s'encanailler, ou bien, comme Maria Vincent ou Marcel Sicard, par régionalisme.

Tous viennent chercher le bon conseil. Raymond est considéré comme un gourou par tout son entourage. C'est lui qui, resté seul après la mort de Daniel, va me donner les connections et les noms des hommes de Chicago que je vais rencontrer pour parler de « l'affaire Sinatra ». Les noms, aussi, de ceux de qui je me recommande.

Je me souviens qu'un jour où je me rends dans son bureau éditorial près des Galeries Lafayette, je le surprends l'oreille collée à un transistor. Il me fait signe d'approcher et en me montrant la radio il ajoute : « Écoute… Écoute… c'est Taillet ! »

Taillet donne, à New York, une interview à un journaliste de RTL. Il vient de balancer toute la French Connection et au journaliste français qui le questionne, il fait un véritable show : il répète les noms, imite les accents corses de chacun, incroyable !

– Il est fou… il est fou… il est fou…

Il le répétera plusieurs fois… Il pense comme moi que Edmond Taillet, artiste de variété que nous avons bien connu à Marseille comme pianiste de jazz, surnommé La Tortue à cause de son profil, a pété les plombs.

Embarqué dans une grosse affaire de drogue, il s'est fait prendre par la police américaine et a donné tous les rouages de l'affaire en échange de l'impunité, d'une intervention esthétique pour ne pas être reconnu, et d'une prime pour repartir à zéro.

Il est le premier repenti français !

Dans son livre sorti récemment chez Plon, Lucien Aimé-Blanc, flic des stups à cette époque-là conclut l'affaire par une étonnante chute : Taillet se serait reconverti dans le commerce des plantes vertes à New York, et aurait pignon sur rue sous l'enseigne : « Les balançoires réunies » Incroyable !

À Taillet, je préfère sa sœur. Jeune fille, elle est belle, brune et BCBG. Tombée amoureuse d'un voyou de la bande à Zampa, elle se retrouve rapidement sur le trottoir. Pour une raison indéterminée, elle crée un grave mécontentement chez son souteneur qui la massacre. À coups de crosse, les voyous lui ouvrent le crâne et lui cassent les dents. Elle réussit à s'en sortir mais ressemblera longtemps à une cancéreuse en cure de chimio. Dans le début des années 1970, je la revois à Paris et comme je ne la considère pas comme une prostituée, nous nous rencontrons de temps à autre. J'apprendrai plus tard qu'elle a été tragiquement assassinée. Elle n'a pas pu échapper à sa terrible destinée.

Quand j'arrive dans le hall du Hilton, je retrouve la multitude de photographes que j'ai croisée à l'aéroport, multiplié par dix. Les attachés de presse courent aux quatre coins du bar.

Je mets un moment pour faire comprendre au concierge que je ne suis pas là pour une interview mais pour voir quelqu'un du staff Sinatra.

Finalement, au téléphone l'homme de Chicago réussit à comprendre qui je suis et donne au concierge le sésame pour me laisser monter. J'ai le cœur battant, quand, après des ascenseurs et de longs couloirs, je me retrouve devant la porte de la suite. Comme elle est entrouverte, je tape et j'entre. Me voilà dans la cage aux lions.

Je viens de faire irruption dans un film de Scorcese. Ils sont cinq ou six, en manche de chemise, gros, près de la cinquantaine, les traits vulgaires. Des Italos-américains pour la plupart. Le salon est bleu de la fumée des cigares et il y a des bouteilles un peu partout. On se croirait à la fin d'une partie de poker.

L'homme de Chicago se présente et je dis aussitôt qui m'envoie, citant au passage B. et Raymond, et je dis qui je suis. L'homme de Chicago passe de l'anglais à l'italien sans prévenir. Ma parano me fait penser que c'est pour me tester. Au mot « Montréal » son regard s'éclaire, il se souvient qu'il attendait quelqu'un, du moins il me semble, et revient à l'anglais pour me demander ce que j'en pense.

– *Oh... it's fantastic.*

– *Are you OK* ?

– *Why not* ?

Notre conversation brille par ses non-dits et son flou... Il demande à l'un des hommes se trouvant là d'aller chercher Frankie.

L'homme disparaît dans la pièce attenante au salon et je suis tétanisé par l'attente. Est-ce que je vais vraiment parler avec

Sinatra ? Cette affaire est incroyable. L'homme revient… suivi par celui qui est mon idole.

Sinatra est là. Devant moi. En chair et en os. Moins petit que je ne le pensais, souriant, détendu, mais, malgré le bleu éblouissant de ses yeux, son regard ressemble à celui des hommes dans la pièce. Aussi froid.

De ce regard-là, qui fait fondre des milliers de femmes, il interroge l'homme de Chicago pour comprendre qui je suis et ce que je viens faire. Apparemment, les hommes dans la pièce sont plus au courant que lui.

Quand l'homme de Chicago lui explique en deux mots, Sinatra se retourne vers moi. Son regard s'est adouci alors qu'il enfile sa veste. Il me fait un petit sourire et se fond d'un :

– *Hi Léo* !

J'ai l'impression de rêver et je ne sais plus quoi dire. Je n'entends et ne comprends que la moitié de ce qu'il dit. Entre ses dents il parle de Montréal, de B., de Paris, et termine d'un inévitable :

– *It's O.K* ?

Comme tout à l'heure, je ne sais que répondre.

– *Yes, it's fantastic…*

Alors il quitte la pièce avec un « *See you later* » qui à la fois me réjouit et me terrifie puis il disparaît dans la chambre. La magie s'est envolée. Je me retrouve seul avec ces hommes étranges et inquiétants. Mais Italo-américains ou Javanais, de la mafia ou pas, des voyous ça reste des voyous ! Et les voyous, je connais. Je redeviens moi-même et c'est en italien, car je le gère mieux que l'anglais, que je demande s'ils seront encore là le lendemain.

L'homme de Chicago me répond qu'ils prennent l'avion le lendemain après-midi et qu'on doit se revoir absolument le matin pour ma réponse, et les détails à prévoir.

Cette réponse, je ne la donnerai jamais. En traversant le hall de l'hôtel et en me dirigeant vers les taxis, je sais déjà que j'ai abandonné l'idée de poursuivre avec ces hommes-là. Rien à voir avec le show-business. Trop dangereux.

Si un jour, il y a une erreur dans les comptes, un mot de trop ou une embrouille avec les flics, je nous vois déjà, Tiffanie et moi, les pieds dans le ciment, jetés dans un lac glacé des environs de Montréal.

J'ai peut-être vu trop de films sur la mafia, mais mon instinct me dit qu'il faut oublier cette aventure et les alléchantes propositions qui m'ont été faites.

Je suis peut-être *borderline*, mais je me suis toujours arrêté à temps. Je ne donnerai pas suite. D'ailleurs, à ma connaissance, l'affaire ne s'est jamais montée.

De Sinatra, dont je n'ai plus jamais eu de nouvelles, je me contenterai de me passer presque en boucle les éternels « *Fly to the moon* » ou « *September in the rain* » ma chanson préférée du *crooner*.

La dernière fois que j'ai vu Sinatra en chair et en os, c'était à un concert donné par la star au palais des Congrès à Paris. J'étais en compagnie de Francis Lai et de Simon Waintrob, un autre sacré numéro !

CINQUIÈME PARTIE
LES STARS

« Nos vies ne sont qu'un bout d'essai
pour qui… pourquoi, Dieu seul le sait.
Toi qui connais la fin du film dis,
Marylin,
est-ce un baiser ?. »

C. Nougaro (*Chanson pour Marylin*).

CHAPITRE 20
SIMON WAINTROB

Janvier 1975.

Les Éditions 23 préparent activement le nouveau MIDEM qui va avoir lieu dans quelques jours.

Avant de peaufiner le prochain voyage que Tiffanie et moi allons faire au Japon, je me rends au Club Discothèque dans l'intention de raconter à M. mon entrevue avec Sinatra et ma décision de ne pas donner suite.

Pour Raymond, la mort de B. a été un tournant. J'ai l'impression qu'il se fiche un peu de mon rendez-vous de Tokyo et pense plus au *show-business* qu'aux voyous. Ça me soulage d'un poids.

J'ai espacé mes relations avec les soldats de Daniel. Dany vient de mourir de maladie, Max s'en va dans le Midi. Ne reste qu'Eddy que je revois de temps en temps après sa sortie de prison. Il s'est lié à une autre grosse équipe de Marseille qui fait dans les machines à sous. Le temps de me les présenter lors d'un déjeuner place Clichy et il disparaît en Espagne où, si j'en crois le tam-tam des voyous il tombe bientôt dans la « blanche » et se serait fait flinguer.

La chanson que je viens d'écrire avec Francis Lai : « Moi, j'aime les films d'amour » vient d'être retenue pour représenter la France au Festival de Yamaha, chantée par… Tiffanie !

On a bien fait les choses : costume de scène ravissant, très Claude François, avec un corsage pailleté or en forme de cœur et un collant en paillettes rouges qui met en valeur la fine silhouette de ma chanteuse. Elle ne sera pas seule sur scène. On a engagé deux danseuses très déshabillées. Bref, on a lorgné du côté du créateur de « Belles, belles, belles ».

Pour la promo, une série de photos où Tiffanie pose au côté de Lelouch, car la chanson reprend le fameux thème du « Cha bada bada » de *Un homme et une femme*. Pendant que Tiffanie termine les valises pour Cannes, je fais mon habituelle revue de presse.

Pas de hasard, pas de coïncidences !

J'ai rendez-vous avec un reportage dans *Jours de France*, le *Gala* de l'époque. Un journaliste présente le nouveau grand milliardaire et mécène de Paris. Personne ne sait d'où il vient ni qui il est vraiment… il s'appelle Simon Waintrob.

Moi, Simon, je l'ai connu ! Au *Tire-bouchon*, le cabaret montmartrois de mes débuts. Il était vendeur de montres au porte-à-porte. C'est ce qu'il me disait… donc ce ne peut être lui, là sur le magazine. Comment serait-il passé du rez-de-chaussée d'un gratte-ciel, au dernier étage, tout en haut ? En si peu d'années ? Impossible !

Et pourtant les photos en font foi, c'est lui, lui l'agent de Salvador Dali, lui l'ami et le producteur de Mike Brant !

Le 22 novembre 1974, le chanteur vient de faire une rocambolesque tentative de suicide, à Genève, sautant de la fenêtre d'une chambre d'hôtel où logeait Waintrob. La chute s'est heureusement arrêtée sur un balcon deux étages plus bas. Ce fait divers et les relations ambigus de Simon avec des personnages douteux font, selon l'article, traîner une odeur de soufre derrière lui. Ça m'intrigue et j'en parle à Tiffanie mais, dans ses yeux, je vois le doute quand elle me répond :

– Ce milliardaire c'était ton copain ? Alors essaie de le voir au MIDEM, ça peut être intéressant…

J'acquiesce mais je doute qu'il vienne au MIDEM et je doute surtout qu'il se souvienne du petit chanteur de Montmartre.

La réponse m'est fournie lors d'une froide nuit de fin janvier, dans une discothèque de la croisette. Simon est venu. Il est là, dans la « disco » avec une bimbo très décolletée.

Simon est sapé comme un prince, tout en noir, chemise élégante largement ouverte laissant apparaître une longue chaîne en or avec au bout un lingot en or massif. Je remarque le balancement d'arrière en avant, qu'il donne à son buste. Simon est ivre. Pas de petits rouges comme au *Tire-bouchon*, mais ivre mort de whisky et de champagne, avec peut-être un petit quelque chose en plus.

Nous sommes là tous les deux, au rendez-vous que nous a donné le destin. Nos regards se croisent et, malgré son ébriété, je suis sûr que mon visage attire son attention. Devant son état, je renonce à aller lui parler mais, quand nous sortons de l'établissement, je le désigne à Tiffanie car nous nous croisons au vestiaire. Nouvel échange de regards. Tiffanie, devant l'ivresse de mon copain, préfère l'ignorer et s'en aller. Mais nos chemins se mêlent à nouveau. Sur la Croisette cette fois. On n'échappe pas aux rendez-vous ! Voyant qu'il me regarde fixement, je lui demande :

– Tu ne me reconnais pas ?

– Bien sûr que si… tiens, je te chante ta chanson !

Et, à trois heures du matin, sur la Croisette, dans le froid de cette nuit de janvier, nous restons là, Tiffanie, la bimbo et moi à écouter chanter le « nouveau milliardaire de Paris » :

– « Je vous salue Monsieur Ferré

du fond de ma tendre Bohème… ».

Il se souvient de tout : le texte, la musique… j'en suis scié ! À la fin, nous tombons dans les bras l'un de l'autre. Alors il sort de la poche de son manteau en cachemire sa carte de visite et me la remet.

– Tu as fait un sacré bout de chemin depuis le *Tire-bouchon* !

En disant cela, je suis sincère et admiratif. Nous n'avons ni l'un ni l'autre le goût des justifications.

– Mais toi aussi… Lelouch, ton film… ce n'est pas mal.

Il a un grand sourire avant d'enchaîner :

– Quand tu seras à Paris, appelle-moi… On peut faire des trucs ensemble.

Tiffanie n'est pas convaincue. Il faut dire que, pour un premier contact, c'est gratiné. Elle me tire par la manche pour qu'on s'en aille mais avant, Simon me fait voir la poitrine de sa bimbo, là sur le trottoir, sous l'œil étonné des derniers noctambules de la Croisette…

– Regarde comme c'est beau tout ça !

Simon n'a peut-être pas tout à fait des manières de gentleman…

Paris. Début février.

Nous nous rencontrons dans ses bureaux de la rue Miromesnil où siège sa société WIP.

Nous voulons faire quelque chose ensemble et nous avons tous les deux des atouts dans nos manches.

C'est Simon qui fait la synthèse et je cite avec exactitude son analyse :

– Moi, j'ai des artistes au top des hits, Mike Brant, Shuky et Aviva, Noam, j'ai une promo d'enfer (Il me fait comprendre que Guy Lux, flambeur invétéré, ne peut rien lui refuser… il l'a plus au moins mouillé avec les canassons et les brèmes) enfin, j'ai du pognon !… beaucoup de pognon. Par contre, mes artistes sont « chips ». Ça manque de prestige et de classe, surtout sur l'international ! Toi, tu as Francis Lai et Lelouch, le Club 13, le Tout-Paris et le vernis à l'étranger… Tu as ce qui me manque et j'ai ce qui peut te donner un coup de pouce !

Fin de citation.

Alors, nous décidons de marier nos deux affaires sans vraiment s'associer dans un premier temps. J'amène mes artistes, et Simon sa puissance, le temps de deux ou trois coups. Après, on verra !

Ce que lui et moi ne savons pas encore c'est que je vais lui amener sur un plateau d'argent Sylvia Kristel, « Emmanuelle », et Anthony Quinn.

Je vais d'abord retourner au Japon avec Tiffanie et, à notre retour, nous annoncerons notre collaboration.

Au Japon, pour Tiffanie c'est un autre carton ! Avec sa tenue, sa chorégraphie et ses danseuses sexy, elle fait sensation au Festival Yamaha. La presse japonaise, si avare de photos habituellement, n'hésite pas à mettre à la « une » des quotidiens sa photo sur scène, voisinant avec celle des hommes d'État nippons et américains.

Nous gagnons le prix de la meilleure exhibition scénique puis, avec nos danseuses, et en compagnie de Christian Gaubert que nous avons emmené comme chef d'orchestre, nous faisons une petite tournée au pays du Soleil levant, en compagnie de Bobby Solo et autres stars internationales.

Avant notre départ pour Tokyo, Francis a enregistré la musique du film *Emmanuelle II* et j'ai produit la chanson du film, enregistrée avec difficulté par la belle Sylvia Krystel. Au supplice en studio, elle nous a demandé de faire remplacer sa voix par celle de Tiffanie. Si, promotion oblige, Francis et moi avons refusé la demande de Sylvia, en revanche, au Japon, Tiffanie enregistre avec Gaubert une version pour le marché local. C'est les valises pleines de souvenirs, de kimonos et de contrats que nous rentrons sur Paris.

Dès mon arrivée, l'équipe de WIP est secouée par une affreuse affaire. Le 25 avril 1975, Mike Brant réitère sa tentative de suicide, rue Erlanger dans le 16e arrondissement de Paris, et cette fois il ne se rate pas !

Les rumeurs les plus folles vont bon train mais, en réalité, c'est un Mike Brant dépressif, fragile et paranoïaque qui vient de mettre fin à ses jours. La cocaïne qui circulait autour de lui n'a certainement rien arrangé.

Je ne connaissais que très peu le garçon mais Simon me l'avait décrit sensible et fragile, facilement déstabilisé, comme le jour où il avait été malade parce que Michel Legrand, à qui il voulait exprimer son admiration dans un restaurant l'avait snobé d'un air hautain. Mike était parti aux toilettes pour vomir sa déception.

Après un début idyllique, ma nouvelle collaboration avec Simon connaît ses premières perturbations.

Une nuit où il a trop bu, Simon me réveille sur le coup de deux heures du matin pour contester les factures des enregistrements d'*Emmanuelle II.* C'est notre première crise, mais vu l'heure, je l'envoie sur les roses. Le lendemain, bien sûr, il a changé d'avis et accueille l'arrivée de Sylvia dans notre nouvelle « écurie » comme il se doit : au champagne !

Malheureusement, Simon va devenir coutumier du fait. Colèrique le soir et retournement le lendemain. Mais bientôt, il va être aux anges car, grâce à mon associée italienne, Christine Leroux, j'amène une nouvelle superbe affaire : Anthony Quinn !

Christine lui a fait signer un contrat et doit lui faire enregistrer un 45 tours très Barry White mais c'est un peu gros pour elle seule. Elle fait donc appel à moi pour les enregistrements qui doivent avoir lieu à Rome et elle me confie la distribution du disque dans une grande partie du monde.

CHAPITRE 21
ANTHONY QUINN. LE DÉBUT

Je rejoins les studios italiens en compagnie de Simon et de l'ami Boris Bergman, chargé d'écrire la version française de l'œuvre. Durant le voyage, Simon est charmant et, entre deux whiskies, nous évoquons à nouveau le chemin parcouru depuis la bohème de Montmartre. Ce sera mon premier contact avec Quinn.

À notre arrivée dans le petit studio perdu dans la campagne romaine, l'acteur nous reçoit, bouteille de grappa à la main, haut en verbe, en couleurs et en ivresse, fidèle à sa légende.

Je l'entends penser : Voilà donc les producteurs français… Simon c'est le milliardaire… l'autre, Léo, le business…

En bon chercheur d'or qu'il sera toute sa vie, il choisit de serrer dans ses bras un peu plus longuement le milliardaire.

L'enregistrement est un peu mouvementé. Tony a pour partenaire, dans la version française, Dominique Sanda. Il la rudoie, gronde, menace… il la tyrannise.

Le déjeuner, expédié dans une trattoria du village, est fortement arrosé de vin blanc, boisson préférée de l'artiste. Quand Tony reprend sa bouteille de grappa pour finir son travail, Bergman est affolé, Simon et moi euphoriques et Christine est aux anges. Quand nous quittons Rome et l'artiste, rendez-vous est pris pour la promo à Paris. Le disque sortira chez Warner France dirigé par mon vieux copain Bernard de Bosson. Label WIP évidemment !

À Paris, Lelouch se prépare à tourner *Le Bon et les méchants.* Un matin, il me demande de passer en début d'après-midi à son bureau :

– Viens avec ta femme. J'ai besoin de vous !

C'est vague et inattendu… Quand, à 15 heures, sa secrétaire nous fait entrer, nous avons la surprise de découvrir Marlène Jobert et Jacques Villeret. Connaissant le talent de danseuse de Tiffanie, Claude lui demande d'enseigner la valse aux deux comédiens.

– J'ai une scène de musette au début du film et ils doivent danser…

Après quelques tours de valse avec les comédiens Claude est satisfait et nous improvisons tous ensemble un petit bal, sorte de répétition de la séquence du début du film où Tiffanie, jouant la copine de Marlène, va valser avec elle. Pour moi, c'est différent. Moitié ironique, moitié péjoratif, il me confie le rôle de Pierrot Le Fou :

– Je te vois très bien en voyou !

Tu parles d'une intuition !

Je signe mon contrat d'acteur le 10 juillet 1975 et, le 8 août, pour les besoins du film, je suis libéré de prison par Laffont et Bony, joués par J. P. Kalfon et Stéphane Bouy.

La scène est tournée dans la prison désaffectée d'Étampes. Quelques jours plus tard, il me confie une autre séquence où j'ai un long monologue devant la bande de truands que je suis censé commander pour la Gestapo française.

Claude coupera finalement la scène au montage en m'affirmant que ça sonnait trop vrai ! (*sic*)

– À la sortie du film tu te serais fait lyncher !

Il préfère se séparer des Éditions 23 mais nous restons liés par l'actualité de Francis Lai. Mêmes bureaux, mais séparés contractuellement. Sur un de mes coups de têtes traditionnels, je décide à mon tour de quitter les Éditions 23 et de revendre mes parts à Francis avec qui je vais continuer à travailler épisodiquement.

CHAPITRE 22
SIMON WAINTROB. LA FIN

Emmanuelle II n'a pas le succès du premier mais la musique du film marche très bien et j'en suis heureux car c'est moi qui ai écrit le texte de la chanson-titre. Pour Simon, c'est une reconnaissance professionnelle d'un autre niveau.

Quinn vient à Paris où Simon le reçoit avec tout le faste voulu par la star : Rolls, chauffeur, palace… Tony est accroc. Il découvre que Simon est l'agent de Dali, le propriétaire du *Saint-Hilaire*, discothèque à la mode de la rue de Rennes où Mike Brant, habitué des lieux, a connu deux overdoses. Simon est aussi propriétaires de plusieurs chevaux de course et la « surface » de mon nouveau partenaire impressionne Tony.

Le soir de l'émission de Guy Lux, Quinn, après avoir un peu rudoyé le présentateur, est heureux de dîner au *Saint-Hilaire* avec nous. Sylvia Krystel, Guy Lux et d'autres personnalités du spectacle sont présents à notre table. Tony, qui doit partir le lendemain, me propose ce soir-là :

– Pourquoi Simon, toi et moi, on ne monterait pas une société de production qui traiterait tous mes films… j'ai déjà le premier sujet : Picasso.

Le peintre restera toujours le « dada » de Quinn.

Simon n'est pas chaud du tout.

– Tu parles, il a vu le pognon et le reste. Il veut faire de nous ses larbins. Dis-lui qu'on verra plus tard.

Quant à François Patrice, l'animateur du *Saint-Hilaire*, il vient me faire ses confidences et m'avoue, au bord des larmes, qu'il est à bout face à l'ingratitude et l'agressivité de Simon. Il conclut d'un :

– Comment fais-tu pour le supporter ? Méfie-toi de lui…

Simon, moi, malgré ses frasques et ses humeurs, je l'aime bien. La collaboration entre WIP, Éditions 23, Simon et moi est à son apogée en janvier 1976.

Nous décidons de frapper un grand coup au MIDEM où nos stars Sylvia Kristel et Anthony Quinn vont présenter leurs disques.

Simon décide : table ouverte, matin et soir au *Moulin de Mougins* pendant six jours. Moi, je choisis de loger au Grand Hôtel où j'installerai Kristel dans la chambre voisine de la mienne, Tony préférant le Majestic avec Simon. Programme : galas et cocktails !

Mes deux artistes présentent un des galas de ce MIDEM. Ils doivent animer le spectacle, annoncer les chanteurs et interpréter leur propre titre.

La répétition se passe bien mais au « *live* » Quinn ne dit pas le texte prévu. Il change tout, improvise, danse et fait un véritable *show* très apprécié par l'assistance composée de professionnels. Sylvia panique. Elle feint de s'évanouir en coulisse pour ne pas continuer, évitant ainsi de rivaliser avec son « camarade ».

Le premier rang de la salle nous est attribué et nous sommes, Simon et moi, entourés de Nicole Croisille, Francis Lai, Tiffanie, Boris Bergman et Christine Leroux.

On vient me chercher « en douce » pour secourir Sylvia qui me réclame. Je confie le reste du spectacle à mes complices et je m'empresse de rejoindre « mon » Emmanuelle revenue à elle mais qui désire rentrer immédiatement à l'hôtel afin de s'y reposer avant le repas que nous donnons après le spectacle à *Chez Félix*, sur la Croisette.

Je prends la Rolls de Simon et direction le Grand Hôtel où Sylvia prend un bain, un verre et où nous attendons une petite heure avant de rejoindre *Chez Félix*.

Quinn a la tête des mauvais jours. Quand nous arrivons, il me désigne une table voisine de la table centrale en me disant :

– Ce soir, tu as misé sur le mauvais cheval. Tu as préféré partir avec elle… Mange avec elle !

Il me fait sa crise de jalousie. Il a décidé de me punir. Tu parles d'une punition, dîner en tête-à-tête avec la vedette d'*Emmanuelle*… Je fais beaucoup de jaloux.

Il va se calmer et le cocktail que nous donnons le lendemain au Port Canto s'annonce somptueux. Tout le MIDEM international est là.

La jolie et regrettée Joëlle du groupe « Il était une fois », nous saute dessus dès l'arrivée de Quinn et semble décidée à mettre le grappin sur l'acteur. C'est oublier un peu vite la volcanique Yolanda, l'épouse italienne de Tony. Agacée par les minauderies de la jeune chanteuse, il ne faut qu'un quart d'heure pour qu'une gifle parte et que Tony soit ramené aux réalités mondaines avec, à son bras, une épouse réconfortée dans sa position légitime.

En mai 1976, après avoir quitté définitivement les Éditions 23, je deviens officiellement directeur des Éditions WIP ; témoignage de la reconnaissance et de la satisfaction de Simon.

Hélas, je ne resterai pas très longtemps avec lui car je supporte de moins en moins son caractère fantasque. Plus il grandit, plus il devient capricieux. Plus il est ambitieux, plus il est insupportable. Même moi, qui l'aime beaucoup, j'ai du mal à endurer cette collaboration. Notre séparation va survenir après mes entretiens avec Jean-Michel Jarre.

Un jour, Jean-Michel vient me voir dans mes bureaux des Éditions 23 :

– J'ai envie de changer de producteur et mon père m'a dit « vas voir chez Francis Lai. Je ne sais pas qui s'occupe de lui mais je n'ai jamais vu un compositeur français aussi bien distribué »... Alors, me voilà ! J'aimerais qu'on s'arrange...

Et on a parlé pendant des déjeuners et des déjeuners au Club 13. Je lui ai tout expliqué, les Éditions 23, mes nouvelles relations avec Waintrob, l'intérêt que je portais à sa jeune carrière, à ses chansons... Nous avons parlé, parlé.

Il m'a dit ce qu'il voulait comme avance sur ses ventes futures. Il m'a exposé son envie de nous voir produire son prochain spectacle, et il m'a proposé d'ajouter Patrick Juvet dans le contrat... Tous les soirs, je rends compte à Simon, au *Saint-Hilaire.*

Quand nous tombons d'accord tous les trois, j'ai le plaisir de l'annoncer à Jean-Michel Jarre... et Simon change d'avis !

Une fois de plus, comme ça du jour au lendemain.

Il m'a déjà fait le coup plusieurs fois mais là, c'est une fois de trop.

Il a beau ouvrir les tiroirs du meuble de son bureau où il range les lithos de Dali en me disant « prends ce que tu veux », il a beau plaisanter en disant « on en signera d'autres ! », cette fois, c'est fini. Je lui annonce que je m'en vais. J'ai quand même le temps de rencontrer ses « encaisseurs ».

Quand Simon a des débiteurs trop récalcitrants, il fait venir une équipe de gros bras en provenance de Toulon et, parmi ces récupérateurs de dettes, j'ai l'occasion de reconnaître certains soldats de Fargette.

Simon ignore tout de mon passé. Il ne sait pas que je sais. Fargette ? C'est un gros voyou de la Côte, donc certaines rumeurs se confirment.

Simon veut « son » journal. Un magazine de jeunes pour mieux promotionner ses artistes et il choisit Bernard Golay comme rédacteur en chef. Bernard, c'est un bon copain, et c'est moi qui le lui aie présenté.

Comme François Patrice, Bernard me fait ses confidences. C'est plutôt catastrophique. Malgré leurs beaux bureaux des Champs-Élysées, flambant neufs, leur collaboration ne dure que très peu. Totale incompatibilité d'humeur ! Exit le magazine.

Simon a un autre projet. Énorme. Il a décidé de racheter le paquebot *France*. Rien que ça !

Ce qu'il se garde de me dire, c'est que ce projet doit sceller définitivement son association avec Fargette. Les deux compères ont l'intention d'en faire un casino flottant dans la rade de Toulon.

Leur projet tombe à l'eau, moindre mal puisqu'il s'agit d'un bateau, mais cet échec ajouté à celui du journal se met à peser un peu lourd dans la vie d'un Simon pétant complètement les plombs. Où est le Simon que j'aimais bien et avec qui j'avais tant de projets ?

Comme pour B., c'est par la radio que j'apprends la mort stupéfiante de Simon, le 26 janvier 1978.

Suicidé ! Au bois de Boulogne, dans sa voiture, de deux balles. Des fois qu'il se rate à la première ! Nous avions cessé de collaborer et l'on ne se voyait presque plus mais ça m'en fiche un coup.

Depuis quelque temps, je me suis lié avec Mémé Ibach, le producteur de Karen Cheryl, et j'espère qu'avec lui les choses seront plus calmes.

Il y a toujours eu autour de Simon une ambiance de tragédie. Au début de nos retrouvailles, la rumeur prétendait que sa soudaine richesse venait du Mossad[4]. Rumeur ! Rumeur ?

Le destin tragique de quelques membres de notre petit groupe a tout de même de quoi étonner. Et même d'inquiéter si l'on est un tant soit peu superstitieux. Mike Brant se suicide. Simon se suicide. Puis, c'est le directeur artistique, A. K., qui se suicide à son tour en se jetant sous le métro. Cela fait beaucoup de suicides !

Quant à l'autre directeur artistique, H. S., on le retrouve multimilliardaire aux USA, mécène de la campagne électorale de Bill Clinton, après un voyage au Japon. Lui a eu de la chance ! Mais avouons qu'il y a de quoi inquiéter tous les paranos du monde entier.

(4) - Services spéciaux Israéliens.

CHAPITRE 23
RÈGLEMENTS DE COMPTE À DOMICILE

Les dernières semaines aux Éditions 23 m'ont mêlé à un incident peu banal. Côté voyous, j'ai fait le vide autour de moi et je pense avoir enfin définitivement la paix. Le seul que je reçois encore, c'est Tony. Normal. C'est mon ami d'enfance. L'ex François !

La plupart du temps on se retrouve à St-Germain, pour déjeuner. Lui, il sait que je ne plongerai pas. Je lui ai tout refusé, de la coke aux putes, et nos relations ne sont qu'amicales. Deux vieux copains qui se retrouvent pour parler du passé, du présent, de l'avenir…

Pourtant une dernière fois, il tente le coup.

– T'es dans le cinéma, or j'ai un pote qui connaît un pote qui veut mettre du blé dans un film, alors j'ai pensé à toi… y a peut-être du fric à prendre… bla bla bla…

Son pote vient me voir. Je le connais, c'est un Marseillais, ancien des « quarante voleurs ». Son affaire tient la route et on décide d'essayer. En vain. Ça ne marche pas. Pas grave ! À la prochaine…

Deux jours plus tard, un des potes de Tony, un des braqueurs pieds-noirs de Cannes, vient me voir :

– Tony est à l'hôpital !

– ?

– Coup de couteau ! partie de poker mal finie… Nous cherchons le mec pour le flinguer.

– Couteau ? Je n'en vois qu'un mais lui et Tony sont potes ! Nous sommes en train de faire une affaire ensemble…

– Justement, c'est lui !

C'est une surprise. Tony et son agresseur étaient dans mon bureau quelques jours auparavant. Tout sourire. Je décide de ne pas m'en mêler. Quelques jours passent puis Tony sort de l'hôpital et vient me voir à mon domicile. Lorsqu'il va sur le balcon, je le vois « scié ». Il rentre tout chose et me dit :

– En face, c'est lui.

– Qui, lui ?

Et Tony m'explique. Dans la cour de mon immeuble, en face de mes fenêtres, il y a une terrasse. Et le locataire de cette terrasse, c'est lui, celui qui lui a planté un couteau dans le flanc !

– Je vais le flinguer de chez toi !

– Mais tu es fou…

– Non, avec un fusil à lunette !

– T'es barge… Un, t'as pas de fusil à lunette. Deux, ici c'est chez moi et de chez moi on ne tue personne. Tu te crois au cinéma ?

– Alors, dans le parking… Il ne sait pas que je l'ai retrouvé. On va l'attendre dans le parking, cet enc… et on va le flinguer.

– Ni toi, ni personne ne flinguera Pierre, Paul ou Jacques ici. Faites vos c… ailleurs mais ici, dans cet immeuble c'est moi qui me sentirais visé. Disons que je n'ai rien entendu et que tu n'as rien dit.

Mon ami repart vexé. Son ennemi restera toujours dans l'ignorance de l'affaire et moi je conserve ma tranquillité. Tony et moi nous nous reverrons quand même, sur les Champs-Élysées, de temps en temps, en vrais amis.

Quant aux braqueurs pieds-noirs de Cannes qui voulaient venger Tony, leur bande éclata plus tard lors d'un braquage où plusieurs d'entre eux se feront tuer. À part ça, ils étaient charmants, et des amours pour moi ! Nous prenions parfois le pastis ensemble sur une plage cannoise.

Les éditions 23 au complet
Léo CARRIER – Claude LELOUCH – Francis LAI

Si l'on chantait Prévert
Avec Jean Claude BRIALY en enregistrement

Marseille la nuit, avec mon ami Robert LE NOIR,
accompagné de Marcel BOZZUFFI, Francis LINEL et des amis la nuit

Une drôle d'équipe
Avec Anthony QUINN et Simon WAINTROB

A love affair
Avec Claudia CARDINALE en enregistrement

Quel regard !
Avec Claudia Cardinale en répétition

Francis LEMARQUE
L'amitié, le talent, et un formidable Casino de Paris

Conférence de presse
avec Anthony QUINN

Le film Les Hommes
Le temps des voyous

Mon back ground « Cannois »
Tiffanie-Ch. Leroux-Sylvya Kristel-Anthony QUINN et sa femme YOLANDA.
Manquent les deux boss : WAINTROB et moi !

Quelques uns de mes artistes
Anthony Quinn et le groupe Newparadise (photo A. CRUDO)

Déjeuner de soleil
Avec Michèle MERCIER et Danielle GILBERT

Jeunesse à Marseille
Avec gracieux LAMPERTI le boxeur

Premier disque d'or
Pour l'album New Paradise avec G. DI NINO

La Femme de ma vie
Tiffanie

Smic Smac Smoc (Cl. LELOUCH)
Avec Catherine ALLEGRET, Amidou et Charles Gérard

Le bon et les méchants (Cl. LELOUCH)
J. P. KALFON (Lafont) me sort de prison

Avec Marcel Bozzuffi
Les nuits de Marseille

Avec Francis Lai et Tiffanie
au Club 13

Montiel à l'Aqua

Avec Corona
La star disco des années 90

Avec Lolo Ferrari

Avec Pascale Petit au Chili
Réception à l'ambassade de France

L'art d'être grand-père avec
Isabelle et Manon

Programme chez Patachou

Les hommes (D. Vigne) clin d'oeil à mon oncle.

New Paradise en spectacle

Tiffanie

Avec l'ami André POUSSE

CHAPITRE 24
CLAUDIA CARDINALE

Ma séparation d'avec Francis Lai et des Éditions 23 ainsi que mon association mouvementée avec Simon m'ont secoué. Il me faut prendre du recul et passer à autre chose. Je lorgne de plus en plus vers la musique en provenance de Munich.

Boom, Boom, Boom, Boom, voilà les Silver Convention et Donna Summer. Boom, Boom, Boom, Boom « Love to love you Baby » me court dans la tête et j'imagine une star faisant du disco... Des stars, pour l'instant, dans mon horizon il n'en reste qu'une : Sylvia Kristel !

Ibach cherche quelqu'un pour s'occuper de ses éditions, moi j'ai besoin d'un bureau, je m'installe chez Ibach et Rinieri, et ça tombe bien. Charles Rinieri est en effet un vieux copain, éditeur de mon premier disque de chanteur ! Nous concluons aussi la distribution de mes productions sur leur label chez AZ, c'est-à-dire Europe 1.

Après Waintrob, voici Ibach. Les personnages pittoresques se suivent toujours dans ma vie mais j'ai désormais l'avantage de ne plus fréquenter les voyous. Je me refais une virginité ! Il ne me reste plus qu'à produire.

PRODUIRE !

Oui, je veux produire, créer, surprendre, conquérir, promotionner, gagner, changer, aller de disque en disque, ne plus arriver en radio avec ma sempiternelle bande sonore de film, même si celle-ci est géniale.

Et pour commencer, je fais un disco avec une star féminine de cinéma. Nous sommes en 1977. J'ai une super-maquette faite avec mon nouveau complice, le compositeur Gilbert Di Nino, et je cherche l'interprète idéale.

Sylvia Kristel ? Pourquoi pas. Elle écoute la maquette et adore. Sydney Rome ? son manager, dubitatif au début, s'enthousiasme à l'écoute du titre. Mais, en regardant la télé, un soir, Tiffanie et moi sommes éblouis par l'éclat de Claudia Cardinale lors d'une remise des Césars. Et pourquoi pas Claudia ?

– Tu la connais ?

– Oui, très bien.

– Alors appelle-la !

Tiffanie est impatiente. Moi, je me demande quel sera l'accueil mais c'est Tiffanie qui a raison. Je téléphone à Rome. C'est Claudia elle-même qui me répond. Encore une fois, je tombe au bon moment. Un trou, pas de projets immédiats. Je croyais qu'elle allait prétexter d'un emploi du temps chargé. Pas du tout. Claudia dit simplement :

– Tu peux venir chez moi à Rome ?

– Sans problème.

– Quand ?

– Demain.

– OK, je t'attends… si ça me plaît, on le fait !

Et voilà. À Rome, en écoutant le morceau, Claudia a éclaté de rire, du rire le plus sensuel que je connaisse.

– J'adore !

Sa voix cassée me fait toujours un effet ravageur. Elle a près de quarante ans. Elle est belle à damner un saint. Ah, la beauté des femmes de 40 ans. Je n'ai jamais aimé les minettes. Par contre, j'ai toujours été sensible aux femmes dans l'été de leur vie.

Entendre Claudia me dire :

– OK ! On le fait !

Ça a été un des grands moments de ma vie. C'était le 23 mai 1977. Et elle faisait de moi un homme heureux.

Le 14 juin, Claudia arrive à Paris. Le jour même, elle enregistre *Love Affair* sans aucun problème. Ni la fatigue du voyage, ni le trac d'enregistrer son premier vrai disque, rien ne vient altérer le timbre exceptionnel de sa voix, véritable décharge d'adrénaline. En plus du talent, elle y met de la bonne humeur et de la gentillesse.

Le 15 juin, nous dînons avec Michel Drucker et Dany Saval pour préparer la première émission TV de promotion. Le 16 juin, Claudia découvre la chorégraphie et les danseurs qui vont la mettre en valeur. La chorégraphe est Lydia, grande amie de Tiffanie via Claude François dont elle a fait la majeure partie des chorégraphies, en qualité de Clodette n° 1.

Claudia accepte et reproduit fort bien les pas qu'on lui a appris. Le 17, on enregistre *Les Rendez-vous du dimanche*, l'émission de Michel Drucker, où, le même jour, Sheila fait ses débuts disco.

Love Affair est lancé. Les radios s'emballent, les discothèques suivent et le titre apparaît immédiatement dans tous les hit-parades.

Une seule ombre au tableau, du moins pour moi. À cause d'une opération bénigne, prévue de longue date, je dois renoncer à participer à la fête d'anniversaire d'Yves Mourousi, le 21 juin. Mon regret est d'autant plus vif que, de cette voix qui me charme, Claudia m'annonce :

– Tu ne pourras pas venir ? Dommage ! Nous sommes prévus à la table de Belmondo, Delon et Chirac.

Claudia rentre à Rome mais, les 15 et 16 septembre, j'enregistre en Belgique l'album d'un groupe imaginé et géré par Tiffanie : New Paradise. C'est un groupe de trois filles : Tiffanie représente la blonde européenne, et elle s'entoure d'une noire antillaise et d'une eurasienne. La musique est disco. À ce moment-là, la chance est totalement avec nous. Le titre 1 de l'album *Back to America* fait un démarrage éclair. Radios et discothèques le propulsent en quelques semaines n° 1.

Me voilà avec deux artistes, Claudia et New Paradise, dans les premières places des hits.

Maritie et Gilbert Carpentier désirent Claudia pour un *show* brodé autour d'elle et de ses chansons, un samedi soir en *prime time*, avec boys et paillettes. Ils m'accompagnent tous deux à Rome, chez Claudia, pour mettre au point les derniers détails. Lors de ce voyage, je découvre deux personnes charmantes et dynamiques que j'aime beaucoup. Si leurs *shows* sont restés une référence en matière de variétés, c'est qu'en plus de leur talent, ils avaient la confiance et l'amitié de tous les artistes qui travaillaient avec eux. Le show est enregistré en décembre 1977 et passe à la télé le 7 janvier 1978. C'est aussi pour New Paradise l'occasion de faire ses premiers pas à la télévision.

Un autre artiste, inconnu en France, fait à cette époque, à ma demande, sa première apparition : Richard Cocciante. On est toutefois encore loin de *Notre-Dame de Paris.* J'ai entendu *Marguerite* à Milan et j'ai convaincu les Carpentier de le faire venir.

Le *show* est un grand succès avec la participation de Brialy, Bécaud, Distel et Cassel qui danse avec Claudia un ballet de Jean Moussy.

Après ce *show*, Claudia signe pour quatre ou cinq films et arrête provisoirement, en plein succès, la chanson et le disque.

CHAPITRE 25
KAREN CHERYL, PASCALE PETIT, PINOCHET, ET LES AUTRES

Ibach essaie de faire démarrer la carrière d'une prometteuse débutante, Carène Cheryl. Grâce au disco, Mémé transforme Carène en Karen, la jeune imitatrice de Sheila en une vedette américaine, et la sauce prend parfaitement.

J'en suis heureux pour Karen qui est adorable, peut-être un peu trop sous l'influence de ses producteurs, et qui aimerait bien faire autre chose. J'ai retrouvé Karen plus tard, à l'aube de sa carrière à la télévision. Nous avons fait quelques galas ensemble et, en plus d'un physique très attirant, je lui ai toujours trouvé du charme et de l'intelligence.

Ce charme poussait ma concierge à dire à Tiffanie :

– Vous ne devriez pas les laisser partir tout seuls tous les deux, c'est dangereux.

En fait, nous n'étions pas seuls. Il y avait aussi deux ravissantes danseuses. Brave femme que ma concierge ! Si elle savait le nombre de fois où je me suis trouvé seul avec une belle femme, célèbre de surcroît, elle n'en serait pas revenue. En voyage, à l'hôtel, en gala, en studio, dans une loge… Et je suis toujours avec Tiffanie !

Je me suis retrouvé seul, par exemple, avec Pascale Petit, la comédienne vedette dans *Les Tricheurs*. Pascale est l'épouse de Mémé Ibach. Le jour où celui-ci fait signer un contrat pour sa femme, il me demande de l'accompagner. Lui ne parle ni anglais, ni italien, ni espagnol et il risquerait de se trouver embarrassé car c'est tout simplement en Amérique du Sud qu'il me propose de partir avec elle !

Eh oui, madame la Concierge, seul avec Pascale Petit pendant un mois au Chili, en Argentine et au Brésil. Nous partons sous la neige de Paris. Là-bas c'est l'été. Pascale doit présenter le Festival de Vinha del Mar au Chili, en février 1978.

Nous retrouvons Gina Lollobrigida à l'hôtel car elle participe elle aussi au festival. Pendant les répétitions, nous partageons notre temps entre piscine, plage, promenade et D.s. Tout se passe très bien. Mais trois incidents viennent pimenter notre séjour.

D'abord, c'est Pinochet en personne qui inaugure la première soirée. Son arrivée en coulisse, entouré d'une centaine de gardes armés, mitraillettes pointées vers nous, nous tétanise. Gina, la première, reprend ses esprits, ferme la porte de sa loge, puis refuse de lui serrer la main. Nous, nous n'osons plus bouger de peur qu'un doigt se crispe sur la détente.

Deuxième incident : cette arrivée inattendue d'un dictateur, et le trac face à un public évalué à plus de 30 000 personnes, poussent Pascale à chercher du courage… dans un ou deux whiskies de trop.

Elle fait pourtant son travail à merveille, présentant les artistes, allant même jusqu'à pousser la chansonnette, mais ensuite elle s'écroule, terrassée par les émotions, la fatigue… et surtout le whisky. Je dois la ramener à l'hôtel comme je peux, et la coucher. Pas facile ! Dernier incident, mais de taille. Nous nous apercevons au fil des jours que les impresarii qui nous ont fait venir sont en réalité des escrocs qui se font sérieusement tirer l'oreille pour régler le cachet prévu. La veille du départ, toujours pas réglés, nous décidons de leur tendre un piège pour récupérer notre bien.

Un rendez-vous est pris dans ma chambre. Pascale et Gina sont présentes. Les impresarii ont promis de venir avec l'argent mais je n'y crois pas. La police aussi, prévenue, est présente. Vu la notoriété des plaignants, c'est la police particulière de Pinochet qui prend l'affaire en main. On connaît leurs méthodes ! Eux nous connaissent déjà. Nous avons plusieurs fois déjeuné avec le gendre de Pinochet, leur chef.

Le piège fonctionne, les impresarii, venus une fois encore sans argent, sont coincés par la police cachée dans une pièce attenante. Le chef des policiers oblige une banque à ouvrir alors qu'il est plus de 20 heures, et nous sommes réglés en espèces tandis que la police fait coffrer les impesariis.

Alors qu'avec Pascale je m'envole vers l'Argentine et Buenos Aires, survolant et découvrant, émerveillés et un peu apeurés, la cordillère des Andes, la police chilienne relâche nos impresarii mais garde leurs passeports afin de nous protéger jusqu'à notre départ vers Rio, avec le conseil de ne jamais monter seul dans un ascenseur et de garder nos chambres fermées à double tour ! Après toutes ces aventures, retour vers Paris où Tiffanie m'attend, je pense, avec une certaine impatience.

Je ne rencontre toutefois pas que des femmes durant ce périple. À cette époque, j'ai également le plaisir de rencontrer et de produire le danseur Amadeo. Il a une voix très spéciale, se promène avec un lévrier afghan, prend des poses de stars depuis son premier disque, *Moving like a superstar*, et il est le chorégraphe n° 1 du « *show-biz* ».

Paradoxe, lorsqu'il chante ses propres titres à la télévision, il ne veut pas danser, ou un minimum ! Je n'oublie pas qu'il a débuté dans *West Side Story* où il faisait parti du gang des danseurs portoricains.

En 1982, quittant les bureaux de Ibach, je continue mon chemin de producteur indépendant avec beaucoup de chance et de plaisir.

Je suis en plein New Paradise et l'accident n'a pas encore eu lieu. Je produis entre autres, les enregistrements de Franck Fernandel qui, avec « L'amour interdit », vend plus de 150 000 disques, de Phil Barney qui vient d'écrire « Un enfant de toi » (mais Vogue trouvant la chanson trop triste, je lui enregistre d'autres titres), de Marcel Zanini et du groupe Otttawan qu'un curieux contrat oppose aux disques Carrère.

Ceux-ci refusent tout gala pour leurs artistes. Moi, je lance Ottawan sur scène et c'est un carton. Un peu trop même. Les artistes pètent les plombs et je me sépare d'eux rapidement, comprenant à retardement l'attitude de Carrère à leur égard.

Je m'arrête un instant sur ces artistes et leur fameux contrat car RCA me propose de distribuer le groupe dans le monde entier pour une somme colossale : près du milliard de centimes pour trois ans ! Après avoir eu connaissance du contrat initial avec Carrère, même si celui-ci est arrivé à terme, l'avance est annulée car les artistes ont perdu leur pseudonyme dans un procès difficile. Le nom d'Ottawan reste acquis aux premiers producteurs !

Finalement je reviens vers Anthony Quinn. Je l'ai déjà produit, il y a quelques années, avec Simon Waintrob.

Grâce à mon amie de toujours, Christine Leroux, je reprends contact avec la star mexico-américaine. Tony vit en Italie, près de Rome, marié à la volcanique Yolanda qui lui a fait de nombreux enfants. Sa carrière aux USA est déclinante et il cherche la bonne affaire en Europe. Comme avec Claudia Cardinale, je vais le voir, chez lui, à Rome et nous renouons amitié. Souvent, sur le coup de midi – on déjeune vers 14 heures en Italie –, il prétexte l'achat de cigarettes pour m'emmener faire le tour des petits restaurants grecs où Ouzo et Sirtaki lui rendent la nostalgie de Zorba.

Nous nous quittons huit jours après, nous promettant qu'à la moindre idée nous retravaillerons ensemble. Nous le ferons en 1990.

Toutefois un peu avant, je ferai faire un disque à Jean-Claude Brialy. Un beau disque avec des textes de Prévert et une musique de Lemarque. Une fois encore, la théorie des comètes et des astéroïdes se vérifie. C'est Brialy, dont je ne m'occuperai hélas que très peu de temps, qui me présente en effet Francis Lemarque, venu assister aux enregistrements. Nous allons collaborer en 1993 pour une réalisation qui restera une de mes grandes fiertés.

CHAPITRE 26
ANTHONY QUINN… LA SUITE

Un jour de 1977, durant le Festival de Cannes, j'apprends qu'une conférence de presse a lieu au Carlton pour annoncer le tournage du film *Le Grec* dans lequel Quinn va jouer le rôle d'Onassis.

Tiffanie et moi nous nous y rendons et découvrons une nuée de photographes. Deux cents ? Trois cents ? Peut-être plus !

L'interview est finie et Tony se rend, à la demande des photographes, sur la terrasse de l'hôtel pour immortaliser l'instant. Il va jouer le rôle d'un homme qu'il admire pour sa réussite et sa puissance et il est déjà entré dans la peau du personnage, selon son habitude.

La première personne que j'aperçois, disponible, est Yolanda sa femme. Elle semble ravie de me voir et me demande :

– Tony t'a vu ?

Je lui dis que j'attends la fin des photos mais, bien sûr, Yolanda n'attend pas. Avec l'autorité et l'insouciance du travail qui l'ont toujours caractérisée, elle interrompt la séance de photos d'un péremptoire : « Tony !… Tony ! »

Le cliquetis des appareils s'arrête.

– Tu as vu qui est là ? crie-t-elle à la star, sans se soucier le moins du monde des trois cents qui traquent le cliché.

Tous se demandent qui je suis pour que Yolanda interrompe de la sorte la sacro-sainte séance de photo. On attend, on guette l'explosion de la star. Pas du tout ! Allez comprendre. Son visage s'éclaire comme s'il voyait une apparition divine :

– Léo… viens ici !

Il me fait signe de le rejoindre et il n'est pas question de le contrarier. À cet instant précis, quand je vois les photographes me regarder, je comprends que le regard des autres peut être une arme mortelle. Rien n'y fait. Il me prend par le cou et, s'adressant aux photographes du monde entier, d'un geste de la main condescendant, presque Onassis, il leur jette :

– Messieurs… c'est à vous !

Plus tard, il prend des nouvelles de Simon et me propose de venir parler avec lui à Rome :

– Ici, je suis trop pris !

Rendez-vous est pris avec Yolanda pour la semaine suivante, avant le tournage. J'y vais, mais de prime abord, après quelques jours, cette visite me semble sans intérêt professionnel. Je n'ai rien à lui proposer. Il est déçu de savoir que Simon commence à « péter les plombs ». Moi, je profite au maximum de la présence de la star comme un fan. Nous avons des conversations philosophiques et faisons des balades dans

Rome où la truculence et la soif de vivre de Tony font merveille.

Pourtant, en réalité, sans le savoir, nous posons les bases de notre future et réelle coopération. D'abord, quand il me donne le premier tome de ses souvenirs à lire. C'est sorti aux USA et ma pratique limitée de la langue de Shakespeare ne me permet pas d'en goutter immédiatement toutes les facettes. Je décèle toutefois dans ces pages la source d'une possible trouée sur le marché français.

Entre deux matchs de tennis, où je suis spectateur et lui l'égal de son entraîneur, il me fait visiter la chapelle voisine de sa maison où il a établi son atelier. Je découvre ce nouveau talent qui est le sien : il est aussi doué, plus peut-être, en sculpture et peinture qu'en littérature. Ses tableaux empruntent un peu à Picasso, son idole, mais ses sculptures me semblent plus intéressantes : fortes, puissantes, reflets de sa personnalité tourmentée et violente. Je quitte Rome huit jours plus tard, persuadé qu'on se reverra bientôt.

En 1990, je fais ma revue de presse, merveilleuse revue de presse, passant de *L'Équipe* à *France Soir*, via *Le Parisien* et *Le Figaro*,. Cela m'a été tant de fois utile. Ce matin encore...

Je lis en effet que Quinn a été opéré d'urgence, à New York, d'un double pontage coronarien. Ce n'est qu'un entrefilet. Quelques lignes au bas d'une page spectacle. « Qu'est-ce qu'on attend pour lui rendre hommage comme il le mérite, qu'il soit mort ? »

Ça me révolte et me voilà décidé à tout faire pour que l'hommage lui soit rendu en Europe. Pour ça, je dois frapper un grand coup et surtout faire quelque chose qui va toucher le comédien.

Un disque évidemment. C'est mon métier et c'est facile. Avec l'accord de la productrice en titre, Christine Leroux, je décide de sortir un remix du disque que je lui avais fait faire à Rome. La distribution est signée chez CKL, label appartenant à une jeune et riche productrice, MCB. Mais, un disque ce n'est pas assez pour le déplacer. Je décide de faire paraître également une version française de son livre. Je convaincs un éditeur, puis, grâce à la complicité de Jacqueline Danno, j'ai même une touche au CNIT-La Défense, pour y présenter une exposition des sculptures et peintures de Tony.

Bref, j'ai la totale. Je peux l'appeler à New York. La bonne nouvelle qu'il m'apprend est qu'il doit venir tourner un film à Nice au mois de mai. Donc je l'aurai sous la main !

Mon programme l'enchante, les peintures et sculptures sont disponibles, il est détenteur des droits de son livre pour l'Europe. Quant au disque, pourquoi pas ? Ça l'amuse !

L'éditeur et moi, nous nous précipitons à New York pour lui faire signer son contrat littéraire. Ça nous donne l'occasion de visiter son atelier à l'angle de la 241e et de la 86e rue.

Quinn débarque finalement du Concorde à Paris le samedi 28 avril 1990 au soir, avec Yolanda, sa femme, et Cathy, sa secrétaire. Personne ne se doute à ce moment-là que celle-ci sera bientôt sa future compagne !

Au cours d'une conférence de presse, le lundi suivant, Tony annonce la sortie de son livre, parle de ses toiles et de ses statuettes, avec son incroyable énergie, que traduit parfaitement Catherine Delmas dans l'excellent article qu'elle lui consacre le lendemain dans *France Soir*.

Le mercredi 2 mai, il est l'invité du journal télévisé de 20 heures puis, en ambulance, afin d'avoir le passage ouvert, lui et moi traversons Paris à tombeau ouvert pour rejoindre le plateau de « Sacrée Soirée » aux Buttes Chaumont. Une heure d'émission lui est consacrée.

Le jeudi 3, France Soir dit dans sa critique TV de la veille, parlant de Quinn chez Foucault : « Ce géant donna à cette émission une altitude à laquelle nous ne sommes guerre habitués ».

Le lendemain, on inaugure son expo au CNIT où il est décoré de la médaille des Arts et des lettres, avant un repas auquel assistent ses amis Henri Verneuil et Pierre Rey. Eddy Barclay se joint à nous.

En octobre 1990, il revient à PARIS car il vient de décrocher le prix littéraire « Bruno Coquatrix » que lui remet au Sofitel-La Défense Paulette Coquatrix au cours d'un cocktail très « parisien ». Le soir, dîner au *Procope* pour fêter le « prix ». À ses amis Verneuil et Rey s'ajoutent B. Montiel, L. Milcic, Evelyne Pages et quelques autres, dont les organisateurs du prix, Bernard Serre et Jacques Corbières, ainsi, bien sûr, que l'éditeur.

Tony s'emporte pendant le repas à propos d'un incident mineur concernant Verneuil. Comme il ne trouve pas en français le mot juste, il s'énerve en anglais, tempête en italien et finit par exploser en espagnol, en tapant sur la table avec une bouteille de coca-cola.

Il terrorise tant Leila Milcic que, le recevant le lendemain dans son émission du samedi après midi, celle-ci n'ose pas entrer dans la loge. Montiel sauve le coup en acceptant de faire l'interview en espagnol.

En sortant du plateau, après l'émission, c'est un Quinn calmé et heureux qui me dira :

– Je sais pourquoi j'ai voulu faire l'interview en espagnol… ce n'était pas pour faire un caprice, non c'est parce que je suis déjà dans la peau de Picasso !

En effet, on vient d'annoncer la nouvelle à la presse et à la télé : Tony a trouvé un scénario lui convenant, concernant la vie du peintre. Il décide de monter le projet avec le producteur français Christian Bel.

L'aventure s'annonce périlleuse. Christian Bel qui a déjà produit son film de Nice avec Lauren Bacall redoute Quinn. Il en a physiquement peur. À tel point qu'il me propose de rester aux côtés de Tony jusqu'à la fin du projet.

– Quand il se met en colère, il n'y a que toi qui peux le calmer !

C'est faux. Lors d'une réunion de casting, organisée par Anita Benoit, à laquelle j'assiste à contrecœur, car en qualité d'attaché de presse je n'ai rien à y faire, Tony, devant mon mutisme, croit que je me désintéresse et s'écrie :

– Si tu t'ennuies, tu peux partir !

Et je m'en vais…

La préparation du film va être très difficile. Tony qui domine totalement C. Bel prend les choses en main et décide de tout faire. Le dernier scénario. La réalisation. L'acteur. Le casting… D'abord, pour se donner les moyens, il budgète son film : plus de 70 millions de francs au minimum. C. Bel n'en a pas le centième. Il faut trouver l'argent et voila Quinn au téléphone appelant ses relations aux USA, allant même jusqu'à contacter Kassogi.

Avec moi il y a une deuxième personne engagée un peu trop tôt. De toute façon, nous ne serons payés qu'au début du tournage. Donc, pour le moment, nous bossons pour le plaisir. Moi, je dois retenir la presse, super-intéressée par le projet. Ça ne m'empêche pas d'obtenir à Tony la couverture du *Figaro Magazine* « en tenue de peintre »... toujours dans la peau de Picasso. L'autre engagé qui doit « attendre » c'est David Stein.

Dans un film sur Picasso, il faut des toiles du maître et des toiles à tous les stades. Donc il faut un champion de la contrefaçon, un maître du trompe-l'œil. David est celui-là. Ayant débuté comme assistant de Cocteau, le soir, il recueillait les brouillons du Génie pour s'entraîner à les refaire. Rapidement passé expert dans l'art de la fausse copie, David va jusqu'à exposer à New York des faux Chagall que l'artiste découvrira lui-même lors d'une visite à une galerie de Manhattan.

Après avoir payé sa peine, c'est-à-dire les années de pénitencier dont il écope, David, rentré en France, va s'atteler à travailler pour des commandes officielles. Le film sur Picasso en fait parti.

Quand, parfois, je vais dîner chez David, car nous avons beaucoup sympathisé, je suis assis entre un Chagall, un Picasso et un Matisse. De quoi perdre le sommeil. David promet de me donner un des tableaux du film à la fin du tournage. Si Bel est d'accord...

Avec Bel, je n'ai pas de problèmes. C'est lui qui en a. Personne ne trouve les fonds nécessaires pour démarrer la production, et Quinn furieux et déçu, retourne aux USA « renonçant à travailler avec les Français ! ».

Je reverrai Quinn une fois ou deux ensuite, mais l'échec du *Picasso* a laissé des traces chez lui.

Pour moi, il restera toujours un monstre sacré, fidèle à sa légende, et même, supérieur. Je lui ai vu faire beaucoup d'erreurs mais il les a toujours assumées. J'ai vu également toujours la même admiration fascinée sur le visage de ceux qui l'ont rencontré. Anthony Quinn c'est Zampano, c'est Zorba, c'est le prêtre mexicain assassiné par Bronson dans le western de Verneuil, *La Bataille de San Sebastian*, c'est Barrabas ou Le Grec. Sa vie ressemble à son œuvre, toute de puissance, de tonnerre ou de générosité.

À plus de 80 ans, il divorce d'avec Yolanda et fait deux nouveaux enfants à sa nouvelle compagne, son ex-secrétaire Cathy. Si les hommes pouvaient ressembler aux dieux, c'est sûrement Tony qui en serait la parfaite représentation. Mais pour en terminer avec Quinn, autant finir par des sourires, et des anecdotes drôles ou touchantes. Ainsi, ce dîner au restaurant *La Stresa*, juste derrière le *Plazza* où Quinn a établi, pendant la promotion de son livre, son quartier général. Tony, dans un moment de gentillesse, me demande de venir dîner avec lui. Tiffanie, fatiguée, renonce et me voilà seul avec Yolanda et ma star quand nous poussons les portes du restaurant. Qui est là, dînant seul à une table ?… Mickey Rooney, que j'ai tant admiré quand j'étais tout jeune. Il est ravi de voir arriver des visages connus, ici, en France. Après les effusions d'usage, Tony me présente et je peux dire à M. Rooney toute l'admiration que j'ai pour lui, quitte à rendre mon artiste jaloux.

Alors le visage de Mickey s'illumine :

– *What* ? tu connais mes vieux films ?

Et, pour me remercier, il esquisse des entrechats pendant une vingtaine de secondes sous les yeux ébahis des clients. Quelques secondes de danse qui resteront toujours dans mon souvenir.

Je ne voudrais pas omettre également ce souvenir qui restera toujours dans la mémoire de Tiffanie. Un jour, Quinn et Yolanda quittent New York en Concorde pour nous rejoindre à Paris où les attend tout un programme de promotion. Juste avant de partir, Tony dit à Cathy, sa secrétaire qui reste aux USA :

– Appelle immédiatement Léo, et dis-lui qu'il retienne une table à Paris car j'ai faim.

En effet, le Concorde ne met que trois heures ! Cathy oublie puis, trois heures plus tard ; se souvenant de la recommandation de Tony, elle m'appelle. Trop tard, je suis parti à l'aéroport, avec L'éditeur et un gros bouquet de fleurs, afin d'accueillir dignement la star qui arrive.

Cathy s'adresse donc à Tiffanie dont l'anglais est extrêmement mince (elle a toujours enregistré ses titres en phonétique). Le dialogue donne à peu près ceci :

– *Hello Tiffanie.*

– *Hello Cathy... Tony is here* ?

Vu l'heure, Tiffanie veut dire « *here* », ici, à Paris. Cathy comprend « *here* », ici, à New York. Et c'est le quiproquo total. Cathy dit « *no* », Tiffanie comprend que non, il n'est pas à Paris, à l'aéroport. Aussitôt, elle appelle Roissy, parvient à me contacter et me jette affolée.

– Tony ne vient pas !

– Quoi ?

Je suis paniqué, car FR3 est là avec ses caméras pour le journal télévisé de Paris et tout un programme chargé attend notre artiste.

– C'est Cathy qui me l'a dit à l'instant !

Et nous voilà, L'éditeur et moi rebroussant chemin, sans même attendre l'arrivée des passagers, persuadés que Tony est resté à New York… Si Cathy le dit c'est que c'est vrai !

Rentré à la maison, vers 23 heures, j'appelle Cathy à New York pour connaître la raison de la défection de Tony. Cathy n'y comprend rien :

– Tony n'est pas à Paris ? Mais il a pris l'avion cet après-midi et il vient de m'appeler du *Plazza*, fou de rage de n'avoir vu personne à l'aéroport. Surtout qu'il avait faim et qu'il était très chargé.

Catastrophe ! Comprenant la méprise, je rappelle L'éditeur et nous voilà tous les deux à 23 heures passées au *Plazza*, prêts à recevoir les foudres de Tony. Quand on arrive dans sa chambre, Yolanda rit de l'affaire et me dit, toujours aussi décontractée :

– T'en fais pas chéri, dans cinq minutes, il va se calmer. Et puis moi j'ai faim !

Après avoir tonné, notre artiste conclut par une phrase que je n'ai jamais oublié et qui nous fait parfois rire encore aux éclats Tiffanie et moi :

– Tu diras à Tiffanie que c'est la première fois que l'on me fait porter mes valises !

Il avait emmené une douzaine de valises et quelques sacs ! Tiffanie se cache, restant hors de vue du fougueux mexicain pendant quelques jours puis, se retrouvant nez à nez avec lui au cours d'un cocktail, elle éclate de rire, lui aussi. Tout se termine par des embrassades.

En 1995, Anthony Quinn fête ses 80 ans. Il avoue à *France Soir* :

– Le ciel se rapproche dangereusement de ma tête !

Il dit demander à Dieu de lui laisser encore un peu de temps pour peindre, sculpter et dessiner. À Dieu ! Pas à son médecin. Entre géants, on se parle, on a un contact !

Moi, de contact avec lui, je n'en ai plus. L'arrivée de Cathy Bevin, son ex-secrétaire et nouvelle compagne a changé la donne. Je le suis de loin. La presse parle de la naissance de ses deux nouveaux fils. La séparation d'avec Yolanda a été difficile. La rumeur et la presse people ont même prétendu qu'elle voulait mettre un contrat sur son ex-mari. C'est faux, bien sûr, mais Yolanda est volcanique. Ce qui est vrai, c'est l'instinct de la femme amoureuse qu'elle était. Elle avait pressenti le danger et m'en avait parlé. Lors de l'anecdote amusante du quiproquo avec Tiffanie lors de l'arrivée de Tony à Paris et des valises à porter, Yolanda avait demandé à son mari d'éliminer la secrétaire. En vain… et pour cause !

Début juin 2001, le géant s'est éteint à l'hôpital de Boston. Il avait 86 ans.

CHAPITRE 27
KIRK DOUGLAS ET TONY CURTIS

Je ne saurai achever ces souvenirs sur les stars sans parler de Kirk Douglas et de Tony Curtis.

Dans le but de modifier un peu les habitudes tropéziennes concernant les stars, je cherche un moyen d'attirer des vedettes plus rares dans la presqu'île mais extrêmement médiatiques.

Si la région se souvient, et se targue, du séjour de la grande Colette, rien par la suite n'a été fait pour développer l'activité littéraire. J'imagine un prix de « la meilleure biographie » remise au *Byblos* par une personnalité à une autre personnalité.

Excellent moyen d'attirer un ou deux grands noms, d'autant plus que mes amitiés avec les attachées de presse des grands éditeurs m'ont annoncé la prochaine parution des livres de Claudia Cardinale, Anthony Quinn, Kirk Douglas et Tony Curtis, pour ne citer que les plus célèbres.

Si je peux contacter directement sans problème les deux premiers, les deux autres en revanche je ne les connais pas. Rendez-vous avec eux est cependant pris lors de leur prochain passage à Paris, grâce aux attachées de presse.

J'ai ainsi rendez-vous avec Tony Curtis au *Ritz* où il doit retrouver sa grande amie, Mlle Francisi, propriétaire d'une galerie de peinture à St-Germain, désireuse de monter une exposition des toiles et des dessins de l'acteur américain. En effet, comme beaucoup de stars hollywoodiennes, Curtis a la peinture et le dessin pour violon d'Ingres.

Francisi, en principe, je connais. Mais pas la jeune femme qui me reçoit au *Ritz*. Nous avons, elle et moi, un intérêt commun à la venue du comédien. S'il fait l'exposition de Paris et St-Tropez, ça nous permettra de diviser les frais et cachets onéreux que demande l'agent de l'artiste. Après un petit quart d'heure de négociations, nous voyons arriver la star en compagnie de sa femme.

Lui, avec le sourire charmeur qu'on lui connaît à l'écran, mais n'ayant plus rien à voir avec l'athlète de *Trapèze* ou avec l'aventurier des grandes productions américaines. Plutôt le côté « certains l'aiment show » ! C'est un septuagénaire aux cheveux blancs et aux attitudes un peu trop maniérées. Charmant quand même !

Elle, beaucoup plus jeune et plus grande que lui, sculpturale, blonde et silencieuse. Dès qu'il s'assied à notre table, Tony ne s'en occupe plus. Sois belle et tais-toi !

L'exposition prévue à Paris le passionne et mes projets à St-Tropez accaparent toute son attention. Il se voit déjà à Pampelone et affirme en bon français :

– Je viendrai avec tous mes caleçons à fleurs !

Il voulait sans doute dire « ses maillots de bains ». Quoique... en le regardant bien, je commence à penser qu'il voulait vraiment dire « ses caleçons à fleurs »...

J'ai son livre à la main. On en parle et je lui demande une dédicace. Sur la première page, à l'intérieur, il va me tracer un dessin « à la Cocteau » qu'il va dater du 3 avril 1995 et dédicacer « à Léo ». C'est un petit trésor (pour moi) que j'emporte précieusement quand on se quitte avec promesse de se revoir sur la côte d'Azur très bientôt.

Le rendez-vous avec Kirk Douglas survient deux jours après. L'acteur doit dédicacer son nouveau livre au Printemps Hausmann et, avec TIFFANIE, nous sommes impressionnés lorsque nous pénétrons dans la grande arrière-salle, sous le dôme central, où l'acteur attend. Autour de lui, les gardes du corps, les responsables du Printemps, l'attachée de presse de l'éditeur et une trentaine de photographes. En arrière-plan, une grande table où un buffet est dressé avec petits fours et champagne pour le « pot » après la dédicace.

L'attachée de presse nous présente, j'expose mon projet de prix littéraire et une lumière s'allume dans ses yeux au nom de St-Tropez. Mais, m'affirme-t-il, à l'époque prévue, il doit tourner un film avec son fils Michaël. L'entretien semble fini. Décevant ! Les photographes lui demandent une petite séance de pose devant le buffet. Et là...

– Stop !

J'arrête tout. Tiffanie, qui connaît son métier, m'a soufflé :

– Passe-lui ton bouquin !

Kirk me regarde, contrarié. Ça sent l'orage et il n'a pas de temps à perdre...

– *What* ?

– Prenez ça dans vos mains !

Et je lui case mon exemplaire de *son* livre dans les bras. Dans ce salon, il n'y en a pas d'autre exemplaire. Incroyable. Tous les photographes me remercient de cette idée lumineuse. Le cliché sera meilleur.

En vrai pro, l'acteur a compris et m'approuve entièrement. Il me serre chaleureusement la main pour me remercier. Je devrais dire : il me broie la main ! Il a une poigne d'acier... un vrai cow-boy !

– Bravo !

Et il nous dédicace notre précieux exemplaire. Ce bravo nous fait chaud au cœur. Tiffanie est aux anges. Après la séance de photos, et pour nous remercier encore, Kirk exige qu'on débouche une bouteille :

– Pour trinquer avec mes nouveaux amis !

Puis il ajoute :

– Et maintenant au travail... Organise-nous donc quelque chose à St-Tropez pour Michaël et moi... Ça serait formidable !

Notre relation a changé, la confiance est établie. Il s'en va, entouré du staff Printemps et de ses gardes du corps. Au moment de passer la porte du salon et de disparaître à nos yeux, il se retourne, me fait un geste de la main et s'écrie :

– À bientôt, monsieur... euh... St-Tropez !

Moment d'euphorie. Quand nous quittons le Printemps, Tiffanie et moi sommes sur un nuage. Les projets, hélas, tomberont à l'eau, une personne, très âgée, ayant décidé, à la mairie de St-Tropez, qu'il serait préférable d'organiser un prix littéraire de lettres d'écoliers ! Cette année-là, Kirk Douglas et

Tony Curtis ne sont pas venus dans la presqu'île et quelques parents d'élèves ont été très fiers !

Sixième partie
Brialy, Mercier, Francis Lemarque
et les autres

CHAPITRE 28
JEAN-CLAUDE BRIALY

J'ai toujours aimé Jean-Claude Brialy. Bien avant de le rencontrer, j'appréciais déjà celui qui était le jeune premier de la « nouvelle vague ». Chabrol (*Les cousins* ou *Le beau Serge*) et Godard (avec Anna Karina) avaient fait de lui le rival de Belmondo, de Delon ou de Cassel, excusez du peu !

Je pense que le personnage de roman qui lui convient le mieux est Arsène Lupin. Comme le gentleman-cambrioleur, il a ce mélange harmonieux de gouaille et de classe, le sens de la repartie, le brillant, bref je suis un inconditionnel de l'acteur.

Je l'ai rencontré en 1978, lors du *show* des Carpentier, avec Claudia Cardinale. Nous avons rapidement sympathisé mais il faut dire que le fait d'être le producteur de Claudia et de venir au studio en Mercedes six portes avec chauffeur m'ont bien aidé.

Au bout de quelques jours, nous nous promenons, bras dessus, bras dessous, dans les couloirs des Buttes Chaumont. Rencontre avec Jacques Chazot dans lesdits couloirs :

Chazot nous voit arriver, fronce les sourcils et s'exclame :

– Tu me présentes ce monsieur ?

– Mon nouvel ami, répond Brialy.

– Je n'y crois pas…

Chazot n'est pas dupe mais il sent que sa réponse peut être humiliante pour moi. Il rajoute immédiatement :

– Trop macho !

Bien sûr ! malgré mes vestes à fleurs – je ne porte que ça depuis que j'ai vu Barclay en arborer une superbe – et en dépit de mon sourire je ne peux gommer complètement un côté « méditerranéen », un peu inquiétant, dû à mes racines.

Pendant toute la durée du *show*, Brialy reste pour moi une relation brillante et drôle. À la fin du spectacle, alors que les lumières s'éteignent sur les plateaux, Brialy ne peut s'empêcher de faire une dernière facétie. Je suis dans la loge de Claudia à ranger nos dernières affaires. Maritie et Gilbert Carpentier sont là aussi pour un ultime au revoir, ainsi que Tiffanie et la sœur de Claudia. On frappe à la porte. C'est Brialy qui passe la tête et me cherche du regard. Il nous a déjà fait ses adieux. Il m'aperçoit et, ignorant les autres, me dit :

– Bon, tu as la clé, essaie de ne pas rentrer trop tard ce soir !

Puis, il disparaît, nous laissant tous étonnés. Puis nous éclatons de rire ensemble. C'était drôle même si le doute n'existe pas. J'ai aimé Brialy pendant ce show.

Lorsque, quelques années plus tard, je lui téléphone pour un disque sur Prévert, il m'accueille gentiment, m'écoute, me propose lui-même une chanson sur Arletty dont il parle tout le temps à la télévision et nous tombons vite d'accord. C'est là, outre toutes les qualités que je lui connaissais, que j'en découvre une autre. La générosité. Au moment de parler des conditions, c'est vite réglé. Lui et moi faisons plus ce disque pour le plaisir que par appât du gain. À propos des royalties, il précise immédiatement :

– Pour les royalties, moi, je ne veux rien. Vous les paierez intégralement à Arletty. Mais sans qu'elle sache que ça vient de moi.

Arletty, démunie, est devenue aveugle et assez injustement pourrait-on ajouter quand on pense à sa carrière. Brialy le sait et lui rend visite régulièrement. Je regrette de n'avoir jamais pu assister à l'un de leurs déjeuners habituels à la porte d'Auteuil. Vu la gouaille et l'intelligence des deux, ce devaient être des moments inoubliables. Malheureusement, à toutes ses qualités, Brialy oppose un défaut, terrible pour ceux qui travaillent avec lui. Il est trop pris ! Est-ce dispersion ? omnivalence ? mauvais emploi du temps ? non, je ne crois pas. Je dirais plutôt qu'il est très demandé. Qu'il s'engage sur trop de fronts : radio, télévision, cinéma, théâtre, son restaurant... Bref, avoir une heure de Brialy est un privilège que je n'ai pas eu souvent, même pour la promotion de son disque. C'est donc à contrecœur que j'ai abandonné sa promotion, sentant que je lui compliquais la vie.

Le meilleur souvenir que je garde de ce disque, que je considère comme un des meilleurs que j'ai produit, c'est l'émission de Maritie et Gilbert Carpentier en Tunisie, où la chanson « Si l'on chantait Prévert » s'envole dans un magnifique soleil couchant, interprétée par Jean-Claude et reprise pour les passages chantés par des cœurs originaux : Bruel, Marie Laforêt, Catherine Lara, Alain Chamfort, et bien d'autres.

De temps à autre, je croise encore Brialy, toujours aussi occupé et pressé, même en plein cœur de l'été tropézien, à l'occasion du plus beau festival de la région : le Festival de Ramatuelle dont il est l'heureux organisateur avec Jacqueline Franjou.

CHAPITRE 29
FRANCIS LEMARQUE

C'est pendant les séances d'enregistrements de Jean-Claude Brialy que j'ai rencontré Francis Lemarque. Il me propose d'écouter l'album qu'il vient de faire et me dit chercher un attaché de presse.

Pour moi, c'est un parfum de jeunesse, un souvenir de lycée. Après les cours, je courais acheter, rue Montgrand à Marseille, les 78 tours d'Yves Montand ou de Mouloudji et, à l'écoute de « à Paris », de « Les routiers », de « rue de Lappe » ou de « Quand un soldat » je cherchais le nom des auteurs. À chaque fois, je lisais Francis Lemarque. C'est ça qui m'a donné l'envie de faire ce métier !

Et, aujourd'hui, j'ai l'opportunité de travailler avec lui. Nous sommes en 1988 et je ne laisse pas passer l'occasion. Je deviens son attaché de presse le temps d'un disque. L'admiration et la passion qui l'animent font bien passer le « produit ». Il est aimé à France Inter qui le passe régulièrement et l'interviewe dans plusieurs émissions. La presse est plus timide à son égard.

Francis, toutefois, décroche l'Olympia. Moi, j'obtiens de l'ami Drucker une émission spéciale Lemarque, avec Montand comme invité. Elle deviendra finalement une spéciale Montand, avec Lemarque comme invité. Les deux complices interprètent deux duos et l'émission aura tellement de succès qu'elle sera choisie pour repasser en hommage, à la mort de Montand. Dans la foulée, Lemarque obtient le Grand Prix de l'Académie Charles Cros, qu'il fête à l'Olympia.

Après cette heureuse collaboration, nous nous séparons sans nous perdre de vue. Ce n'est toutefois que cinq ans plus tard qu'il me téléphone, en 1993. Cette fois, il cherche un producteur. Encore une fois je dis banco ! Nous cherchons douze chansons parmi la cinquantaine qu'il propose.

Au dernier moment, nous rajoutons un titre qu'il ne m'avait pas fait écouter. C'est lors d'une émission télévisée de Jacques Martin qu'il me parle d'un texte dédié à Montand où il rend hommage au chanteur et ami disparu. Immédiatement, cela fait tilt. Il me faut ce titre sur l'album. C'est le fils de Francis Lemarque qui compose la musique, fort jolie.

Lemarque possède un studio d'enregistrement, près de chez lui, à La Varenne, sur les bords de la Marne. On y enregistre le titre « Quand Montand chante », avec le génial Roland Romanelli à l'accordéon.

Francis aime enregistrer le matin, tôt. Passé midi, sa voix change. Le matin, ses premières prises sont toujours les meilleures. À l'enregistrement de ce titre, Francis est très ému.

Son fils et moi, en cabine, sommes très touchés par ce moment de grâce, mais nous le cachons, par pudeur.

L'album, sans être un énorme succès, reçoit quand même un excellent accueil. À la télévision et sur France Inter.

Sur la lancée, je monte un Casino de Paris pour Francis Lemarque qui, au cours d'une manifestation exceptionnelle, fête ses cinquante ans de chansons. Le spectacle que donne Francis est exceptionnel. Le Casino est plein, et le public communie avec le chanteur pour une grande messe ludique et fraternelle. Un comble pour un homme de gauche.

De nombreux amis sont présents et montent sur scène pour chanter en chœur. Parmi eux, Pascal Sevran, fidèle entre les fidèles, Michèle Mercier, qui m'accompagne, et Suzanne Flon. Un grand moment de bonheur.

J'en profite pour enregistrer le spectacle en « live ». Heureuse idée : ce sera un des meilleurs disques de ma vie. Cinq ans après, je l'écoute encore avec le même plaisir.

Après tant de moments heureux, nous arrêtons, Francis et moi de travailler ensemble. Personnellement, je préfère rester sur le souvenir du Casino. J'en profite pour remercier au passage, l'ami Saint-Jean, le patron de l'endroit, pour son accueil, sa compréhension et son assistance. On se revoit de temps en temps, à la plage des Palmiers à Pampelone, tenue par Alain Brutus et Albertino.

J'ai gardé avec Francis Lemarque les meilleures relations du monde. Tiffanie et moi les adorons, lui et Ginny, sa femme, les considérant un peu comme de la famille tant Francis est toujours chaleureux, simple, émouvant, tant dans la vie de tous les jours que dans les moments professionnels que nous avons partagé.

Il est pour moi, et il restera jusqu'au bout, un des très grands auteurs-compositeurs et interprètes de la chanson française.

Un des souvenirs les plus amusants que je garde de lui est notre interview à Radio Nova. Nous sommes reçus par deux sympathiques farfelus, Ariel Wizman et Edouard Baer, qui vont par la suite faire une percée étonnante sur Canal Plus et au cinéma.

Ils nous accueillent imbibés de champagne et font « râper » la chanson « Bal, petit bal » de Francis par un groupe de Blacks déchaînés. Drôle et hallucinant !

Quand on sort de là, Francis me demande :

– Vous êtes sûr qu'on a bien fait de venir ?

Pour lui, c'était surréaliste. Il n'a pas vraiment vu le côté laudatif et rafraîchissant.

– Oui, Francis, on a bien fait…

Et, avec sa gentillesse coutumière il a conclu :

– Si vous le dites, vous devez avoir raison !

Nous nous sommes toujours vouvoyés, signe de respect mutuel.

CHAPITRE 30
MICHÈLE MERCIER

Qui n'a pas été séduit par le charme de la marquise des Anges ? Qui n'a pas fantasmé sur le corps dénudé d'Angélique ? Michèle Mercier est un mythe vivant.

Tiffanie m'a entraîné dix fois à regarder les aventures d'Angélique à la télévision, et, quand elles se faisaient attendre, nous ressortions les cassettes vidéo ou les DVD afin que Tiffanie puisse s'émouvoir devant tant de malheurs ou verser une larme à chaque retrouvaille avec Geoffrey de Peyrac.

De mon côté, j'acceptais de revoir ce feuilleton à épisodes pour apercevoir encore une fois la chute de rein ou la poitrine généreuse de la belle marquise.

Aussi, en 1994, lors d'un cocktail sur la Seine, lorsque nous croisons sur un bateau-mouche Michèle Mercier, nous nous arrangeons pour lui être présentés et pour parler avec elle. Elle est simple, gentille, décontractée et nous sympathisons. À la fin de la soirée, comme elle est venue sans voiture, nous nous proposons de la raccompagner.

Heureuse coïncidence, elle aurait pu habiter Maisons-Laffitte ou La Varenne, non... elle habite dans le 16e, à cent mètres de chez nous.

Et voilà comment on a pris l'habitude de se voir. Elle est de Nice, et son amour de la Côte d'Azur nous rapproche. On la sent solitaire, pas très heureuse, et nous nous efforçons de lui remonter le moral, ou au moins d'essayer, au cours de très agréables soirées où elle nous cuisine ses pâtes aux olives, accompagnées d'excellents vins.

Ces soirées sont de grands moments, car elle nous sort de son dressing, les merveilleuses robes qu'elle a porté dans la saga qui l'a rendue célèbre, et qu'elle a gardé.

Tiffanie est émerveillée devant ces robes comme une enfant devant un arbre de noël, s'attendant sans doute à voir surgir Geoffrey du fond du dressing...

Rapidement, une foule de détails nous rapprochent : le *show-business*, le goût de l'alcool et des bons vins, la cuisine provençale, l'amour de St-Tropez où elle a vécu, heureuse, avant d'être ruinée par ses différents maris. Car tout le drame de Michèle est là : les hommes ! Toute sa vie elle a accordé sa confiance à des hommes sans que cela lui réussisse.

Nous nous arrangeons pour la faire venir à St-Tropez, qu'elle retrouve avec beaucoup d'émotion, après des années d'absence.

Le *Byblos*, la radio, les restaurants, tous la reçoivent au cours des deux journées « Angélique » que nous organisons pour elle. Saint-Tropez lui va bien et elle va bien à Saint-Tropez !

Malheureusement, ses démons la reprennent. Au moment où j'essaye de renouer des liens avec des producteurs ou des agents d'artiste afin de relancer sa carrière, et alors que je mets tout en œuvre pour lui faire un disque autobiographique, et médiatique en diable, un des hommes que je lui présente l'embarque dans de rocambolesques associations d'où elle ressort ruinée une fois de plus, malgré mes multiples et sérieuses mises en garde. Quel dommage ! Son impact auprès du public est resté le même. Il suffit d'entendre les serveurs des restaurants où nous allions ensemble, l'appeler « Angélique », pour comprendre que le souvenir est vivace. Il aurait suffi de peu de chose…

Pour le disque que nous préparons, nous avons deux titres chocs : l'un qui raconte sa vie « Ma vie est un voyage », dont j'avais écrit le texte et qu'elle devait retoucher ; l'autre est la musique des Angéliques, avec un texte à faire écrire par un auteur de renom. J'ai obtenu exceptionnellement à ce propos, à titre personnel, exclusif, l'autorisation des Éditions EMI et de la veuve de Michel Magne, le compositeur.

Nous avons beaucoup regretté que nos projets tombent à l'eau pour des chimères sans lendemain, pour nous mais surtout pour elle !

Mais que faire ? Michèle ressemble beaucoup à Angélique, toujours en danger. Attendons qu'elle rencontre enfin son Geoffrey.

Nous nous sommes perdus de vue bien que nous soyons encore voisins car je crois qu'elle vit à Cannes, et nous le regrettons car l'affection que Tiffanie et moi lui portons est sincère et désintéressée.

CHAPITRE 31
FRANCK FERNANDEL

Franck Fernandel est né à Marseille. Comme moi, il a habité le quartier de la Plaine quand il était jeune, comme moi rue Auguste Blanqui.

On s'est connu tout gosse, alors qu'il habitait chez sa grand-mère pendant les tournages de son père.

Je voyais souvent ses parents. Le père, star parmi les stars, passait en limousine aux vitres teintées et quand les vitres étaient baissées, de grandes lunettes noires et son chapeau mou le cachaient à notre curiosité. La maman, très simple et très gentille était appréciée de tout le quartier comme la grand-mère.

Celle-ci confiait Franck à la garde de mes parents, quand, le samedi soir, nous allions voir le film du cinéma *La Plaine.* Trois cents mètres pendant lesquels Franck restait à nos côtés.

Puis ce furent les boîtes jazz, la musique – il était batteur –, les filles. Nos chemins se croisaient sans cesse. Ils se croisèrent un peu moins plus tard.

Ce fut d'abord pour un disque « L'amour interdit » que j'eus le plaisir de lui produire et qui eut un grand succès. Alors, route ensemble ? Non ! Franck est ainsi, et mon ami M. me l'a dit, il se sépare aussitôt de ceux qui lui ont amené le succès. Pourquoi ? Je n'en sais rien. En effet nous avions d'excellents rapports et quand nous allions au restaurant ensemble, il était amusant de voir les tables autour de nous se taire pour mieux entendre ce que disait le « fils Fernandel ».

Il faut dire que Franck, en forme, a toujours été très drôle. Ses mimiques, si proches de celles de son père, faisaient régulièrement éclater de rire les tables environnantes.

J'ai regretté de cesser cette collaboration en plein succès, d'autant plus que j'apprécie beaucoup la présence de Franck avec qui j'ai beaucoup de goûts en commun, comme celui du jazz cool, des vieux films de son père et le même amour pour Marseille. C'est pour cette raison que, quelques années après, alors que je m'occupe de la collection « Biographie de stars » chez L'éditeur, je contacte Franck à propos d'un livre de souvenirs sur son père. Malgré ses réticences, et grâce à la complicité de sa femme Corinne, je parviens à obtenir son adhésion pour écrire ce livre. Mais c'est plus difficile que prévu.

Fatigué et touché par la maladie, Franck a changé. Sa gaieté légendaire a disparu. À l'époque, je me rends deux ou trois fois par semaine, en avion, à Marseille, pour rejoindre Franck dans sa villa familiale des Trois Lucs afin de lui arracher des bribes de souvenirs. Corinne me sert d'assistante et je fais la connaissance de Vincent, leur fils. Quand on le connaît, son côté « chien savant » disparaît pour faire place à un enfant attachant, intelligent, et sensible.

À la sortie du livre, dans un premier temps, la promotion télé fut d'un grand secours. Grâce à Foucault et à sa « Sacrée soirée, spécial Fernandel de père en fils », les ventes partent en flèche et tout le monde s'entend bien.

Puis, le démon de la promotion s'empare de Corinne. Elle demande et obtient, car nous nous désintéressons peu à peu de la chose, de s'occuper elle-même, seule, des relations publiques d'un livre qui devient peu à peu, plus celui de son fils que d'une famille célèbre. Nouvelle séparation. Mais jamais deux sans trois, dit le dicton. Après le disque et le livre, je n'aurais pas dû replonger.

Un beau matin de mai, au Festival de Cannes, je rencontre L'éditeur, rue d'Antibes. Pas de hasard, pas de coïncidence. Un rendez-vous du destin. Un mauvais !

– J'ai une affaire, peut-être, à te proposer.

– ?

– Un livre de Vincent.

– Vincent ?

– Fernandel ! On va créer un événement sur l'anniversaire de son grand-père. Il aurait eu cent ans cette année. Alors Vincent va sortir un livre sur la famille.

– Mais Franck l'a déjà fait ! Qu'est-ce qu'il peut dire de plus ?

– Beaucoup de choses...

J'aurais dû me méfier ! Ma première réaction, d'ailleurs, c'est de refuser. Et puis, Tiffanie, qui, jusqu'à présent a toujours été de bon conseil, est très tentée.

– Fais-le ! ça peut être amusant. Et puis ça nous fera revenir à Paris, revoir les copains, les journalistes, Drucker...

Un petit tour de valse, paillettes et champagne, et puis rapide retour sur la Côte où nous vivons dorénavant.

J'accepte un premier rendez-vous à Marseille avec L'éditeur et les Fernandel. Sans Franck. Lui et Corinne sont séparés. D'entrée, le petit groupe me communique son intention : tenir Franck éloigné du coup !

Pas d'accord ! Je n'accepte que si Franck est avec nous. Mais voilà ! Franck doit également sortir un livre à la même période. Je comprends mieux pourquoi on m'a engagé. Faire admettre au père que, dans l'intérêt du fils, il vaudrait mieux qu'il se retire. Charmant !

– T'es le mieux placé pour lui expliquer ça !

J'aurais dû m'enfuir en courant ; mais je suis resté...

Au début, j'organise un plan de la promotion depuis la Côte. Début janvier, je réintègre Paris, comme on me le demande, pour commencer le travail.

– Trop tôt ! Le livre n'est pas fini d'écrire.

Alors, je sers à quoi ? Je fais plus ample connaissance avec le nouveau Vincent. Je l'ai quitté « petit chien savant surdoué » et, à présent, c'est un jeune homme. Il est seul à Paris et se dit parfois déprimé par le conflit qui sépare ses parents. Chez nous, il devient un peu le fils de la maison.

Tiffanie nous mijote des petits plats et Vincent arrive avec des gerbes de fleurs qu'il accompagne de dédicaces où il nous promet amitié et fidélité.

Je contacte Fogiel et Drucker qui m'assurent de leur intérêt dans leurs vœux de bonne année, ce, sans avoir pourtant une seule ligne à lire.

L'adresse et l'équipe de L'éditeur ont changé. La péniche a coulé. Petit à petit, sans savoir pourquoi, je sens que le vent a tourné. Toute l'équipe se retrouve à Monte-Carlo pour retrouver Corrine. Je ne suis pas invité.

Je me suis fait piéger. Aucune raison qu'ils changent. M. m'avait prévenu. Et encore, il ne connaissait que Franck !

Franck, j'ai pensé lui téléphoner, et puis j'ai laissé courir. À notre dernière rencontre, je l'ai trouvé tellement fatigué !

Je laisse tout tomber. Le procès, L'éditeur, Vincent et les autres, écœuré. Mon jugement ne regarde que moi.

Je retourne sur la côte d'Azur. Je ne garde que le souvenir des beaux jours de Franck. Les autres, rien à… dire !

CHAPITRE 32
LES ANNÉES 80 PASSENT

– Viens, je t'emmène en balade. Quelqu'un veut te voir !

– Qui ?

– Je ne peux pas te le dire…

Le groupe New Paradise s'apprête à faire un gala dans la région aixoise. À Pont-de-l'Arc exactement. Lors de la répétition, le patron s'étonne de mon accent, puis se réjouit que je sois Marseillais. On a le même âge, on a fréquenté les mêmes endroits et les mêmes gens.

– Alors, comme ça, tu connais Tany ? Et Robert… et les autres ?

Je regrette déjà cette confidence mais, après tout, il n'y a pas de mal à connaître beaucoup de monde… et puis j'ai juste dit que je les connaissais. Je n'ai pas parlé d'amis ou plus…

Aussi, lorsque, après la répétition, ce patron vient me chercher pour me proposer une rencontre énigmatique, voire même inquiétante, j'hésite. Puis, je me dis qu'il y a beaucoup de témoins et qu'il ne peut donc rien m'arriver sans compromettre celui qui m'amène.

J'ai accepté surtout parce que je crois que j'ai deviné qui je vais rencontrer. Quelqu'un de parano, de secret, qui se cache et se méfie de la terre entière. Je sais qui c'est ! Pourtant, je me dis : « et s'il prétendait ne pas me connaître, et si… et si… ».

Dans la voiture, mon chauffeur ne me dit rien mais je le sais surpris de mon calme, de mon manque d'inquiétude. Je souris quand on se gare tout près du cours Mirabeau, à Aix-en-Provence. Une brasserie. Ils sont là. Cinq à six hommes silencieux. État de guerre. Le barbu, derrière la caisse, me regarde longuement. Moi, je ne le connais pas. Lui, si ! Il me regarde et dit : c'est bon ! On passe dans l'arrière-salle. Il y a là Tany ! Entouré de sa garde personnelle.

On boit un verre. On parle de la pluie et du beau temps et on se quitte. Je retourne avec mon chauffeur vers la discothèque. Il n'a rien compris. Il n'a vu ni chaleur ni accolade. De la sympathie. C'est tout. C'est vrai… on se connaissait. Point barre. Dans le bar régnait une atmosphère de déclaration de guerre. Tany était d'ailleurs en guerre avec tout le monde. Le Belge. Le Mat.

Les filles de New Paradise m'accueillent, ravies de voir que tout va bien. Le patron et moi on ne se parlera plus de la soirée. Sauf pour le règlement. Sans problème. Moi, j'ai vu l'homme invisible !

Les années 80 passent avec leur lot de faits divers tragiques. Je suis très sensible aux faits divers. J'y apprends le cheminement, les projets, les accidents et la mort de ceux que j'ai perdu de vue mais dont j'ai croisé la route un jour où l'autre.

Côté stars d'abord : le 13 mai 1988, j'apprends la mort d'une de mes idoles : Chet Baker. Il se défenestre (comme Mike Brant) à Amsterdam. La même année, je sors le disque de Brialy.

Côté voyous : c'est Tany Zampa, qui fait l'actualité. Novembre 1983. La police, qui le croyait pourtant caché en Italie, l'arrête du côté de Marseille, à St-Mitre-les-Remparts. Toujours star, malgré l'effritement de son empire, c'est sous les flashs des photographes qu'il pénètre au palais de Justice de Marseille.

Le 23 juillet 1984, après de nombreuses et étranges péripéties, lors d'une tentative de suicide, il se pend dans sa cellule. Drôle de pendaison. On l'appelle le « pendu horizontal » !

Le 16 août à 19 heures 30, à l'hôpital de la Timone, la garde des policiers et des chiens qui le veillaient, est levée. Il n'a pas survécu. Tany est mort ! *Le Méridional* du 17 titre : « Le Caïd a fait une dernière fois sa justice ». Il est enterré au cimetière St Pierre, allée des Érables. Comme dit mon ami Tony, c'est un peu notre jeunesse qui s'en va…

Durant cette décennie, je perds aussi un bon copain, Sylvain Bonnaventure, patron du *Fox-Trot* à Sanary. Il est abattu devant la barrière de sa villa. D'habitude, la barrière est levée. Cette nuit-là, elle est baissée. Il doit descendre de sa voiture pour l'ouvrir. Il n'en a pas le temps, abattu de six balles de revolver. Cinq dans le corps, une dans la tête. Sylvain était surnommé le « petit prince de la nuit » sur la Côte d'Azur. Beau mec, sympa, dragueur, il me téléphonait toujours quand il passait à Paris. Restaurant, boîte de nuit, nous passions toujours la soirée ensemble. Mon groupe New Paradise est passé plusieurs fois chez lui.

Je connaissais plus ou moins ses démêlés. Il avait déjà été racketté, passé à tabac, retrouvé bras et jambes brisés dans le coffre de sa voiture. Puis, sa boîte de Sanary avait été dynamitée un petit matin. Il n'avait jamais cédé, recommençant toujours, rouvrant son *Fox-Trot* contre vents et marées. Jusqu'à cette nuit tragique.

CHAPITRE 33
NEW PARADISE

C'est dans l'esprit imaginatif de Tiffanie que l'idée a germé. Après le Festival de Yamaha où elle s'est trouvée entourée de ses deux danseuses. Elle a aussi croisé les Three Degrees, trois formidables blacks sexys, belles, et qui font un R'n B endiablé.

Enfin, à Cannes, au MIDEM, présenté par Anthony Quinn, elle a découvert le groupe Silver Convention.

À trois, ça semble plus facile. Plus stimulant. Plus spectaculaire aussi. Un groupe de trois filles. Les groupes ça marche !

Et puis, il y a les Bee Gees, leur « Fièvre du samedi soir » fait un malheur !

Tiffanie est blonde. Elle choisit une Black et une Eurasienne, après un casting difficile. On cherche un nom qui corresponde au mélange des races, à l'harmonie des couleurs. Ce sera Paradise ! Pour le premier album. Par la suite, pour des raisons contractuelles, le nom deviendra New Paradise. Jusqu'à la fin.

Je dis banco, accroché par l'idée et séduit par la musique à composer. Avec l'ami Gilbert di Nino, nous allons en Belgique enregistrer deux titres, avec Jean-Luc Drion comme arrangeur. C'est ce qu'on fait de mieux dans le genre. Plus tard, Cerrone et Claude-François voudront se l'accaparer. Je reviens avec « *She was a star* » dans la boîte.

Ibach court à Europe 1, fait écouter aux programmateurs de l'antenne et aux décideurs des disques AZ : c'est l'enthousiasme !

Au point que tous, Ibach compris, me réclament un album immédiatement et je n'ai que quinze jours pour enregistrer les huit titres nécessaires. Avec « *She was a star* », on croyait tenir « le » titre, le tube. Et bien non ! Ce n'est rien à côté de « *Back to America* ». Un raz-de-marée. En tête des hits de Europe 1, de RTL et de RMC. On se retrouve, d'après les sondages de *VSD*, dans les cinq meilleures ventes de 45 tours, juste derrière les Bee Gees et Michel Sardou avec sa fameuse « Maladie d'amour ». À Montréal, Milan, Munich, Athènes, la « Paradise mania » marche à fond.

Je profite du *show* Claudia Cardinale produit par les Carpentier pour présenter mon groupe à la télé. Danielle Gilbert enchaîne, et c'est parti…

Après le succès de « *Back to America* », on quitte Ibach et ses bureaux de l'avenue Marceau, on passe chez Warner à la demande d'Alain Boublil qui m'ouvre mon catalogue éditorial.

Le futur créateur de *Les Misérables* a un coup de foudre pour le groupe et, lui, question groupes, il s'y connaît. Il est l'éditeur exclusif des fabuleux Abba. C'est avec le nouvel album « *Showman* » qu'on arrive au top. N° 1 en discothèque, récompensé au *Palace* comme titre de l'année, nous atteignons les 500 000 ventes de 45 tours avec notre premier clip réalisé chez RTL, à Luxembourg.

Là va commencer cette immense tournée de galas, de 1979 à 1984, à travers la France, la Suisse, la Belgique, l'Italie, en passant par Tokyo et l'île de la Réunion, avec escale à New-York.

Chacune de ces années, nous ferons plus de 100 000 km, rien qu'à travers l'Hexagone. Tiffanie a changé les membres de son groupe : Kelly et Nikko ont succédé aux deux premières partenaires. Tiffanie, quant à elle, continue de jouer son rôle et assume en outre personnellement la réalisation des chorégraphies. Six années à travailler ensemble. Jour et nuit. Six années de succès. C'est *Flashdance* (version française) qui se classe dans les *charts* des imports new-yorkais.

C'est « *Get dancing it's a medley* » qui remporte les Discos d'or remis par Yves Mourousi au Casino de Paris ; cérémonie retransmise par TF1.

C'est « *Easy life* » qui devient un titre mythique auprès des D.J. français à la réception des longs remix réalisés par un producteur américain de Miami. De Warner nous passons à Vogue. Chez Warner, en effet, l'ami de Bosson s'en va. Donc, moi aussi. Chez Vogue, c'est mon vieux copain Simon Cabat qui nous accueille chaleureusement. Il tient d'ailleurs à nous amener lui-même sur les lieux de nos galas, dans sa belle et grande Mercedes. Tous les soirs, champagne et gerbes de fleurs nous attendent à l'hôtel et dans nos loges. Comme des stars !

Radiah Frye (la maman de Mya) et Carol B. ont remplacé Kelly et Nikko et le groupe est meilleur que jamais ; salué par de nombreuses télés et d'élogieux articles de presse.

Le 21 février 1984, nous nous rendons à Toulouse pour une dédicace dans un grand magasin. Le soir, nous devons enchaîner par un gala dans la région. Simon Cabat est au volant.

Il est 15 heures. La pluie a cessé et nous quittons un resto de l'autoroute. Sandwich et bières. Nous ne sommes pas en avance. À 18 heures, les Nouvelles Galeries de Toulouse nous attendent. Nous n'y arriverons jamais !

Au moment où nous écoutons les maquettes de Phil Barney que je dois sortir prochainement chez Vogue, à la sortie d'un pont de l'autoroute, nous dérapons à 140 à l'heure. Aqua-planning…

Nous nous éclatons d'abord sur un pylône. Je n'ai pas attaché ma ceinture de sécurité à la sortie du restaurant. Dans le choc, je suis éjecté par le pare-brise avant, avec ma chienne York Purdey qui dormait sur mes genoux. J'étais assis à côté du chauffeur. La place du mort !

Ensuite, la voiture fait six tonneaux avant de s'immobiliser sur le toit. Dans le fossé.

Les quatre autres passagers sortent précipitamment par les vitres brisées de crainte d'un incendie possible. Ils sont choqués, ont des problèmes de vertèbres, des ecchymoses et des coupures, mais c'est tout. Un vrai miracle.

Et puis, on ne me voit pas. On s'inquiète, on me cherche…

Finalement, on me trouve, près du premier impact avec le pylône, en sang, K.O., avec ma chienne dans les mains. Au moment du choc, mes mains ont dû se contracter sur l'animal. Elle est saine et sauve, choquée, elle aussi, mais intacte. Je ne peux plus respirer.

Les pompiers rapidement avertis interviennent et, me jugeant dans un état très sérieux, ils me conduisent aussitôt à l'hôpital de St-Jean d'Angely où mes camarades me rejoignent pour panser leurs plaies.

Opéré d'urgence d'une grave hémorragie interne, touché au poumon et au mésentère, j'ai également de très nombreuses coupures au visage et au cuir chevelu entamé par un scalp profond !

Le médecin qui m'a opéré déclare à Tiffanie qu'il faut attendre 24 heures pour savoir si je vais m'en tirer.

Je reste huit jours en réanimation et quelques semaines en chambre avant d'être rapatrié sur Paris. Fauteuil roulant, ambulance, avion, et je retrouve enfin Tiffanie et ma chienne Purdey.

Je vais malheureusement rester H.S. pendant des mois, signant ainsi, malgré moi, l'arrêt de mort de mon groupe. Je n'ai ni le cœur ni la force de retravailler et de faire de la musique, gaie, dansante. Et moi je me sens mort à l'intérieur. Défiguré.

Sans producteur, sans nouveau titre, et sans maison de disques, Vogue nous ayant laissé tomber après l'accident – trop long d'attendre mon rétablissement, pas rentable ! –, les filles vont laisser filer le temps et tomber lentement dans l'oubli.

Quand je me décide enfin à reprendre le collier, je suis incapable de composer et d'écrire. J'arrange donc un standard en « disco ». Il s'agit de « Jolie môme » pour lequel Léo Ferré va gentiment me donner son accord dans les salons d'un hôtel versaillais.

Sans cet accident, survenu en pleine ascension, New Paradise aurait probablement pu s'installer définitivement dans le paysage musical français, évoluant avec le temps vers la variété.

Je ne veux pas quitter ces pages sur le groupe musical le plus important pour moi, sans citer quelques anecdotes amusantes :

Lors d'un MIDEM, le groupe doit chanter dans une disco de la Croisette. Nous avons l'agréable surprise en arrivant devant l'établissement de voir un bataillon de photographes nous attendre. C'est beaucoup d'honneurs, et nous sommes ravis, avant de nous apercevoir qu'ils ne sont pas là tout à fait pour nous. Enfin, pas que pour nous ! Dans la salle, il y a les Rolling Stones ! Une des filles de mon groupe avait simplement omis de me signaler qu'elle vivait une aventure avec l'un d'entre eux.

À la suite de ce gala, *Paris Match* annonce : les Rolling Stones choisissent New Paradise pour leurs premières parties en Europe. Ça aurait pu se faire. Je n'ai cependant pas osé enfoncer la porte entrouverte cette fois, par modestie !

Radiah Frye est la maman de Mya, toute jeune et déjà très douée. Un jour, la maman est malade, il y a une télévision à faire : Mya fait le spectacle à la place de sa mère et c'est ainsi que j'ai des images montrant Mya Frye membre de New Paradise. Pour la chanson « Maniac ».

Un soir, mon copain Max Pecas me demande d'écrire la musique de son prochain film :

– J'ai pensé à toi, car ça se passe à Saint-Tropez et il me faut une musique « jeune et disco ».

Max est un monsieur charmant qui ne ressemble pas du tout aux films qu'il tourne pour s'amuser et pour des raisons simplement commerciales. C'est l'ensemble de l'œuvre de New Paradise que je colle sur la bande sonore du film, de « *Showman* » à « *Easy life* ». Au générique du film, *Les branchés à Saint-Tropez*, je suis cité une vingtaine de fois, et le groupe aussi !

Enfin, Anthony Quinn, et oui, le grand Tony, était fan du groupe, ayant vu et entendu les filles lors de l'émission que Jean-Pierre Foucault leur avait consacrées. Tony s'était alors pris d'affection pour les filles. Yolanda, sa femme, m'avait même dit dans la loge de l'émission :

– Tu devrais laisser tomber Tony et t'occuper du groupe. Les filles sont formidables !

Septième partie
Radio Saint-Tropez

CHAPITRE 34
LA RADIO

Façonnée par les mythes et dorée par l'éblouissante lumière qui transperce les platanes de la place des Lices, c'est là, au-dessus du *Café* que Radio Saint-Tropez a élu domicile. J'ai eu la chance de bien connaître la station, car j'y ai collaboré en 1996. Son histoire pourrait commencer par « Il était une fois… », car c'est bien d'une légende qu'il s'agit. Cette légende a commencé en 1982…

Il était une fois le temps des radios libres !

L'idée est dans l'air. Bob Damiano, familier des plages cannoises et grand original, donc grand novateur, se dit que Saint-Tropez, depuis longtemps lieu privilégié et incontournable pour les gens du *show-business*, manque d'une radio.

Là où les modes se créent, où les couples se défont et où la musique danse, il faut être à la pointe des médias. Alors, là où il n'y avait que le ciel, le soleil et la mer, on a ajouté la musique !

Mais créer une radio coûte cher et Damiano a besoin d'un mécène. Il en existe un à Saint-Tropez : François Malortigues.

Damiano le contacte et ils trouvent ensemble un arrangement.

Les deux hommes sont faits pour se rencontrer, car François Malortigues est un autre grand original. À Saint-Tropez on le surnomme d'ailleurs le « Chinois fou ». Il n'est pas chinois mais est né en Indochine, d'un père français, ingénieur des chemins de fer.

Après des études à Hanoi, le jeune Malortigues rentre en France. Déjà fortuné, grâce à son père, il possède tout ce qu'il faut pour se faire une place, « sa » place, à Saint-Tropez, puisque sa grande obsession est de « faire la fête » !

Et il la fait ! Il bourlingue aussi, et il retourne même en Indochine. Puis, il revient en France, en 1955, et crée le casino d'Amélie-les-Bains. En 1958, il achète 6 000 m^2 de terrain à Saint-Tropez pour y construire, à la demande du maire, dit-on, un casino.

Mais, au dernier moment, n'ayant pas obtenu les autorisations nécessaires, bien que promises, il décide de créer une boîte de nuit, rapidement baptisée *Le Papagayo.*

Si Malortigues est appelé le « Chinois fou » par les Tropéziens, c'est que ceux-ci le considèrent comme un « fada » du fait de son originalité. En effet, il se promène à tout instant de la journée en kimono et il a l'habitude de fumer une longue pipe, style « pipe à opium ». Il pousse même son originalité plus loin, installant son lit dans la discothèque même, ce qui inspirera plus tard « Le club des allongés ».

Ses clients s'appellent Sagan, Vadim ou Barclay, ses musiciens Ceronne ou Claude François, et ses attractions Donna Summer !

Bref, le premier patron de Radio Saint-Tropez a tout ce qu'il faut pour que, plus tard, la radio reçoive en héritage spirituel une part de sa folie et de son goût pour la fête !

Quand elle débute, la radio élit domicile dans la cabine du D.J, Patrick Dutertre. Mais dans les années 1990, Danielle Gilbert et Bernard Montiel vont représenter le top de l'histoire de cette radio. Ce sont deux stars du petit écran, populaires, choisis par le patron de la station, Olivier Benard.

Si l'été 1995 ne sera pas le feu d'artifice de 1994, ce sera quand même une belle saison de radio avec de fameux scoops réalisés par Montiel, comme les retrouvailles Bardot-Vadim. On n'aura jamais vu autant de monde autour des barrières sauf, peut-être, pour l'interview de Bernard Tapie en pleine dans « les affaires », ou encore lors des passages réguliers et amicaux de Johnny Hallyday.

En fin de saison toutefois, tout ça sent le déjà-vu. La municipalité de Saint-Tropez, les quotidiens locaux *Nice* et *Var Matin*, *La Tribune* et *Le Tropézien*, Le Festival de Ramatuelle et Le Mas de Bellevue ont amicalement collaboré tout au long de ces deux étés. Malgré, l'énorme succès, en 1996 on change tout. Olivier Bernard est toujours à la barre. Bruno Salaun, quoique débordé, assure toujours la technique et Dutertre assure de même toujours ses émissions sur le cinéma avec son complice Jean-Pierre Séjourne, tandis que Jo de Salerne, figure locale, drôle, gentil et ami des stars – il deviendra poisson-pilote de Johnny Hallyday –, participe à de nombreuses émissions.

Mais le changement est là : Radio Saint-Tropez engage Sophie Favier pour remplacer Danielle Gilbert, et Olivier Minne à la place de Bernard Montiel, et ajoute Patrick Sébastien, Jean Sarrus et… moi, avec Carole Bouvier, pour des émissions nouvelles et publiques.

Sébastien doit intervenir à… minuit ! sur le port, au restaurant *La Marine* de l'ami Mario. Sarrus est à la plage pour un Apérobic et Carole et moi nous nous retrouvons place des Lices pour « Planet Dance ». C'est beaucoup… c'est même peut-être trop !

Les rendez-vous de Bernard Montiel

Nom : Montiel.

Prénom : Bernard.

Origine : Sud-Ouest.

Signe particulier : gentillesse et fidélité. C'est assez rare pour être souligné.

En 1994, Bernard est donc contacté par Radio Saint-Tropez pour animer tous les soirs, de 19 à 20 heures, sur la place des Lices, la plus célèbre émission de la station : « Le club des stars ».

Gala, qui en est le sponsor principal, délègue Angeli pour la mise en images hebdomadaire tandis que la presse locale dispose de Patrick Bar, Frantz Chavaroch ou Éric Tognoli comme photographes sur place.

L'émission, déjà connue pour avoir été animée par Patrice Laffont, prend une vitesse supérieure par rapport aux médias, avec notamment les trois pages de photos parues dans *Gala* qui permettent chaque semaine à l'hebdomadaire de réussir de meilleures ventes. Localement, *Le Tropézien*, *La Tribune*, *Nice Matin* et *Var Matin*, relatent abondamment le changement de vitesse de la radio.

Pour sa part, Bernard Montiel découvre Saint-Tropez. La veille de sa première, il vient au micro parler de ses projets pour l'été et donner sa première interview tropézienne. Je viens à cette occasion lui souhaiter la bienvenue et je reste un peu surpris par le ton de l'entretien journalistique. Sérieux, à la limite de la sévérité : « Je dirai la vérité… je ne suis pas là pour faire plaisir aux amis… ». C'est pas du Montiel, ça ! La vérité d'accord, mais les amis…

J'avais prévenu tout le monde : vous verrez, Bernard est super-gentil, ouvert, sympa… Et je le sens contracté, sur la défensive. Heureusement, ça ne va pas durer longtemps. Comme il est intelligent, Bernard prend « Saint-Tropez comme il faut le prendre », c'est-à-dire de façon légère et décontractée. Pourtant, à la différence d'autres animateurs, il ne se sent pas en vacances. Chaque jour, de 10 heures à 14 heures, il s'empare du standard téléphonique de l'hôtel *Bellevue* où il loge et appelle tous azimuts pour compléter sa liste d'invités. Presque tous les jours, il bloque le standard sous les yeux éblouis de Michel et Odette, les patrons.

Odette lui pardonne :

– D'habitude, les clients sont des anonymes. Là, j'arrête pas de parler à Johnny, Bardot, Greco, et tous les autres… c'est passionnant !

Bernard va réussir deux saisons exceptionnelles, laissant derrière lui regrets et jalousies. Mais, au moins, on n'oubliera pas certaines soirées où la qualité des invités donnait à la radio et au « Club des stars » une dimension médiatique internationale.

Son plus beau « scoop », comme j'ai dit, fut l'émission spéciale concoctée pour les retrouvailles de Brigitte Bardot et de Roger Vadim.

Vadim vient de sortir peu de temps auparavant un livre de souvenirs où il écorche d'une plume caustique et moqueuse ses ex-épouses, dont B.B. Le cinéma de Saint-Tropez, qui se situe place des Lices, juste devant l'emplacement où Montiel officie en plein air, donne alors une représentation exceptionnelle de *Et Dieu créa la femme*, en présence du député-maire J.-M. Couve, du metteur en scène lui-même, et de la star, annoncée mais incertaine. Brigitte a en effet peur de la foule. Alors, viendra ? Viendra pas ?

Bernard, lui, voit un bon coup journalistique à jouer en réunissant tout ce petit monde avant la représentation. Mais dans l'émission est également prévue, depuis longtemps, Maïté, la célèbre chef de la télé et, en même temps, la « payse » de Montiel.

Ça ne branche pas B.B. qui refuse de se trouver en même temps qu'elle sur le plateau. Alors Bernard use d'une astuce. Il réalise à 19 heures l'émission normalement prévue avec Maïté, et fait, très exceptionnellement, une seconde émission à 21 heures, juste avant la projection, avec les stars du film.

Grâce à Franck, bras droit de Brigitte, il parvient à contacter la vedette et à lui arracher un « oui... peut-être », mais B.B. annonce :

– Je ne veux pas parler à Vadim, je suis fâchée avec lui.

Vadim, plus pacifique, se réjouit de la revoir, un peu inquiet tout de même. Toute la journée, par l'intermédiaire de Franck, Brigitte va tergiverser, annuler, puis changer d'avis, puis annuler de nouveau...

Cet épisode téléphonique mine Bernard jusqu'à ce que Franck lui annonce au dernier moment : « Elle vient », qui ajoute : « Mais elle demande que tu ailles personnellement la chercher au fond du restaurant pour ne plus la lâcher ». En effet B.B. est terrorisée par la foule qui l'attend.

Les artistes invités passent, pour rejoindre Montiel, par le fond de la brasserie *La Renaissance* où une porte donnant sur la rue qui passe derrière la place des Lices permet d'accéder à l'émission sans être importuné par un public de plus en plus dense.

Et voilà comment, en dépit de sa « brouille » avec Vadim, de ses différents avec le député-maire à propos d'animaux et avec la municipalité, pour je ne sais quelle raison, Brigitte Bardot vient finalement au rendez-vous en s'accrochant à l'animateur-ami comme à une bouée de sauvetage.

Quand ils se voient, B.B. et Vadim tombent dans les bras l'un de l'autre, oubliant leur « différent » pour le plus grand bonheur de tout le monde et surtout des photographes du monde entier qui immortalisent cet instant de grâce en présence d'Eddie Barclay, président d'honneur de la radio.

L'interview la plus difficile à arracher est cependant, sans doute, celle de Gunther Sachs. L'homme, c'est bien connu, n'accorde plus d'interview à la presse, même allemande, et ce, depuis longtemps. Il reste enfermé dans la tour d'ivoire de sa superbe villa située sur les hauteurs de Saint-Tropez.

Contacté par Bernard Montiel, le beau Sachs est d'abord farouchement négatif. Puis réticent. Enfin, à la surprise de Bernard, il accepte, mais sans dire qu'il a une idée derrière la tête ; idée qu'il se garde bien de révéler au premier contact. Il suggère une rencontre avant l'émission, dans sa villa. Et là, Bernard est tout étonné d'entendre Gunther lui avouer, qu'il est au courant à propos de son passe-temps favori (heureux veinard !) : passer ses après-midi en bateau avec Karen Mulder et Naomi Campbell.

Gunther Sachs a toujours été grand amateur de belles filles. N'a-t-il pas été marié avec B.B. elle-même ? Ainsi, il pose à Bernard, l'ultimatum suivant, original :

– Faites venir les deux top models dans l'émission... Si elles viennent, je viens !

Bernard, embarrassé et sûr de rien, affirme pourtant que ce n'est pas un problème et rendez-vous est donc pris pour l'émission. Bernard va devoir faire preuve de toute sa diplomatie et de tout son charme pour convaincre les deux belles. Mais l'amitié c'est l'amitié et elles acceptent. Sans doute, également, la curiosité de rencontrer le play-boy milliardaire a-t-elle joué.

Lorsque Montiel débute l'émission, Gunther Sachs est seul face au public. Seul et déçu car les filles ne sont pas au rendez-vous. Bernard lui affirme qu'elles vont arriver : elles ont promis ! Ce n'est sans doute juste qu'un petit retard. Mais le temps passe et pas de top model !

Soudain, une rumeur, là-bas au bout de la place, où bientôt s'élève un nuage de poussière. Les deux belles sont là, retardées par un shopping tardif mais fidèles à leur promesse, à la grande satisfaction du milliardaire autrichien.

Mais c'est sans compter sur la foule qui les a reconnues, d'autant que Bernard les avait annoncées à l'antenne. Alors, les spectateurs autour des barrières se précipitent. Et tout cela terrorise soudainement les deux top models. Les voilà qui prennent donc leurs longues et jolies jambes à leur cou, faisant demi-tour et s'enfuyant sans espoir de retour.

Gunther se retire à la fin de l'interview, frustré et déçu mais Bernard a eu son scoop. L'absence de Karen et de Naomi n'a pas été son fait.

L'émission avec Bernard Tapie a été d'un tout autre genre. Tout est arrangé et organisé par Maître Bernard Lagarde, l'avocat de l'homme d'affaires. Même le dîner de la veille durant lequel Tapie et Montiel prennent un premier contact, est l'œuvre de l'avocat.

Tapie, en plein cœur des « affaires », affirme à Montiel :

– Tu pourras me poser des questions sur tous les sujets que tu veux…

Mais le lendemain, le soleil, un bon déjeuner, et une promenade en mer ont changé l'ambiance.

Le public est venu très nombreux. Partagé. D'abord les pro-Tapie, dont je suis. N'oublions pas que pour les Méridionaux, Tapie c'est l'OM et l'OM c'est la préoccupation la plus importante de tous les amateurs de football, qui sont nombreux ici ; n'oublions pas également qu'on n'en est qu'au début de l'affaire OM-Valenciennes, et qu'ici, personne n'a encore digéré l'air de Sainte-Nitouche des dirigeants valenciennois et de Glassmann, alors qu'ils sont, dans l'affaire, loin d'être aussi nets que l'on prétend. Et puis, il y a les autres, anti-Tapie purs et durs, qui sont venus avec des pancartes annonçant leur opinion. Bref, l'ambiance est électrique !

Mais si l'homme d'affaires a de nombreux défauts, il a au moins une qualité, et ce jour-là il le prouve : il est courageux ! Il rentre crânement au milieu de l'arène formée par les barrières qui sont disposées tout autour des tables et des micros. La condition exigée par Tapie : être seul pendant l'émission, avec Montiel.

Mais une heure c'est long, et l'animateur n'a pas envie d'être complaisant. Il évoque tous les problèmes de Tapie et pose des questions. Au bout d'un moment, profitant d'une pause « musique », Tapie s'adressant à Montiel, lui jette à mi-voix :

– Je te préviens, Anne Sinclair n'a duré que trois minutes en face de moi, Guillaume Durant, je l'ai eu au bout d'une minute, alors toi, si je veux, je n'ai besoin que de trente secondes pour te bouffer !

Les deux Bernard vont quand même jusqu'au bout de l'émission, sans incident notable. À la fin, le plus satisfait des deux, ce sera quand même Montiel, car il a réussi son émission et, en même temps, un super-scoop. Avant lui, personne n'avait encore interviewé Tapie sur la presqu'île.

Heureusement, il y a eu beaucoup d'autres émissions, moins tendues, plus décontractées, et qui ont laissé un souvenir aussi fort à Montiel. Notamment celle réalisée avec Alain Carignon, ancien ministre de la Culture, sortant d'incarcération avant d'y retourner, et qui, entre les deux, fait un tour à Saint-Tropez, en toute décontraction.

Je le rencontre un soir, au château de La Messardière, tout sourire en croisant Michèle Mercier qui m'accompagne. Le lendemain, il accepte de venir se confier au micro du « Club des stars ». Montiel m'a avoué ensuite :

– J'ai été ému par cet homme venu me parler en toute sincérité de ses « problèmes ». Il était touchant.

Marlène, la belle et impétueuse Marlène qui anime alors les soirées d'une discothèque de Sainte-Maxime, vient sur le plateau sans y avoir été invitée. À la fin de l'émission, elle demande une faveur à l'ancien ministre : « l'embrasser sur la bouche ». Carignon, malgré ses soucis et en dépit du déchaînement médiatique qu'il provoque, accepte gentiment de lui faire ce plaisir. Heureux photographes !

L'émission qui reste la plus chère au cœur de Bernard Montiel est cependant celle où il reçoit Juliette Greco. Il m'avouera par la suite qu'il en a été fasciné :

– Je l'ai trouvée belle, intelligente, vraie… Tout était vrai en elle, ce qu'elle disait, ce qu'elle faisait, le moindre de ses gestes, les expressions de son visage… Elle est mon meilleur souvenir !

L'émission la plus amicale de Bernard est celle qu'il réalise pour présenter l'exposition du peintre Robert Combas, qui est un franc succès au *Byblos.*

L'émission la plus originale ? Celle que Bernard réalise avec Faye Dunaway. Celle-ci, en vacances dans la presqu'île, a entendu parler de Johnny qu'elle ne connaissait pas. Elle fait part à Montiel de son désir de le rencontrer. Bernard organise donc une émission avec ces deux authentiques stars. Johnny, qui a toujours fantasmé sur Hollywood, est emballé à l'idée de rencontre la belle vedette. Avant l'émission, Bernard se prépare, à l'hôtel, puis il prend son scooter pour se rendre place des Lices. Mais à peine a-t-il fait quelques mètres que les deux chiens des voisins se précipitent sur le scooter. Afin de les éviter, Bernard fait une embardée et se retrouve à terre. Le problème, c'est que c'est la tête qui a touché le sol la première. Touché à la bouche, Bernard saigne mais surtout il s'aperçoit qu'il a perdu une dent. Sérieux handicap quand on se prépare à affronter un public. Le temps de se remettre du KO et Bernard arrive sur le plateau avec, pour la première fois, dix minutes de retard.

Dans l'attente, Johnny s'est retranché au fond de la brasserie. Tout va bien se passer entre les deux monstres sacrés. Les deux fauves font patte de velours sous le regard de Axel Gans, le directeur du groupe de presse dont *Gala* fait partie. Bernard attendra la fin de l'émission pour se rendre chez le dentiste le plus proche…

J'ai eu la chance d'être le spectateur privilégié de certaines des émissions dont je parle. Quand Montiel a reçu Francis Lai ou Michèle Mercier en particulier, il m'a fait l'honneur des interviews.

Tout ce qui s'est passé lorsque je n'étais pas là, me fut amicalement raconté par Montiel lui-même. Soit lors des déjeuners que nous avons partagés à l'*Aqua Club* de Saint-Tropez, en compagnie de la comtesse Orsini, grande amie de Bernard, soit quand je suis allé le questionner à son domicile parisien, sous les toits, tout près des Champs-Élysées. Ce jour-là, Bernard m'a montré quelques photos accréditant ses dires avant que nous ne soyons interrompus par sa grande amie Mireille Darc. À la fin de notre entretien, j'ai demandé à Bernard Montiel :

– Avec tout ça, que penses-tu de Saint-Tropez ?

– C'est du champagne, m'a-t-il répondu… c'est léger, ça peut faire tourner la tête, mais c'est du champagne… avec des bulles !

Reste, qu'au-delà de cette émission, qui ne sera sans doute qu'une péripétie dans la brillante carrière qui l'attend, Bernard Montiel gardera toujours dans son cœur le souvenir d'une des fameuses « Nuits blanches » d'Eddie Barclay.

– J'ai réalisé un de mes rêves de toujours, m'a-t-il dit, rencontrer Barbra Streisand ! Inoubliable. Sans omettre que j'ai pu aussi rencontrer Oprah Weinfrey, superstar américaine de l'interview car, outre le fait d'avoir interviewé les plus fameuses stars d'Hollywood, elle est aussi la plus grosse fortune du *show-business* US. Et j'ai aussi pu discuter avec Don Johnson, le flic de Miami. Eddie Barclay, c'est vraiment un grand seigneur ! conclut Bernard.

Là encore, je suis d'accord avec lui.

CHAPITRE 35
PLANET DANCE

Pendant les années 1994 et 1995, j'avais, à plusieurs reprises, participé aux émissions de Radio Saint-Tropez, amenant à Danielle Gilbert ou à Bernard Montiel, les présentateurs du moment, des invités intéressants tels que Michlèle Mercier ou Francis Lai. Aussi est-ce tout naturellement, devant l'absence d'émission pour la jeunesse, qu'en 1996, je franchis le pas et obtient de la direction de la radio l'autorisation de coproduire et animer une « heure » calquée sur le format des émissions « *Dance* » de Sky Rock ou NRJ Paris.

Cette émission démarre le 1er avril, à raison d'une heure quotidienne (18-19 heures) enregistrée d'abord en studio, à Paris, puis à Saint-Tropez. C'est le 26 juin que je débute officiellement sur la place des Lices, en « *live* », comme un grand, devant le bistrot des Lices de Tarridec.

Je me suis entouré de toute une équipe en qui j'ai confiance :

– Un sponsor : le label n° 1 spécialisé dans ce genre de musique, Airplay, dirigé par l'ami Jean-Michel Doué.

– Une discothèque : le *Papagayo*, dont l'animateur est à l'époque Jean Roch, afin d'organiser des soirées avec les artistes invités à mon émission.

– Une partenaire : Carole B., complice idéale, aguerrie au contact du public par des années au sein du groupe New Paradise. Elle se réjouit de présenter l'émission avec moi. Nous décidons de réaliser nos interviews dans la langue de l'invité, italien, anglais ou français. Règle d'or de l'émission : les artistes doivent jouer le jeu, exactement comme pour une télévision, c'est-à-dire interpréter leur chanson devant le public.

Commencée devant un public restreint, fin juin, période calme dans le village, l'émission trouve peu à peu son audience pour tourner à près de cinq cents personnes, groupées en cercle autour des barrières dressées et gardées devant le *Bistrot des Lices*.

Avec notre technicien préféré, Bruno, nous recevons d'abord le chirurgien esthétique Marc Bon, le chanteur Jean-Pierre François (« Je te survivrai »), Paul van Decasteele, le patron de la plage de l'*Aqua*, puis les invités commencèrent à devenir plus spectaculaires avec Corona, New Paradise ou Alabina.

En général, les artistes jouent bien le jeu et l'émission, de par le bouche-à-oreille et les articles de presse, devient de plus en plus un rendez-vous que touristes, lecteurs de magazine et vacanciers ne veulent plus rater, venant de toutes les stations de vacances environnantes. Nous faisions le 18-19 heures, juste avant le fameux « Club des stars », présenté cette année-là par le sympathique Olivier Minne.

Alors, les équipes de télévision vinrent nous filmer pour leurs magazines ou leurs journaux télévisés tels que La Une, ANTENNE 2, CNN Amérique (mais oui !) ou la 6, et MCM consacra même une semaine entière autour de nous sur le thème : « La danse à Saint-Tropez ».

Pour la venue de Corona, la belle Brésilienne au rire irrésistible, reine de tous les hits-parades, l'équipe de MCM a chanté et dansé avec le public de la place des Lices, puis a filmé la soirée au *Papagayo*. Lolo Ferrari est même venue nous rendre visite sur le plateau de « *Planet Dance* » en juillet. Son passage, outre les caméras de Canal Plus, a engendré une véritable hystérie dans le public, très nombreux. Chacun voulait une photo dédicacée, ou lui serrer la main, ou se faire prendre en photo à côté de la vedette surdimensionnée. Elle est venue accompagner de son mari Éric qui nous avait demandés avant l'émission de parler de ses opérations et de sa poitrine de six kilos. Ce n'était pas notre intention et quand nous nous retrouvons tous les trois, Lolo, Carole et moi, autour du micro, séparés du public et des accompagnateurs par les barrières mises en place, nous convenons de ne parler que de *show-business*. Pendant une pause, son mari revient à la charge, insistant pour que l'on puisse parler de son physique. Nous préférons la faire chanter son titre « Airbag Génération » et la faire danser, entourée de deux jeunes danseuses venues avec elle.

Je l'ai trouvé gentille, simple, à la limite de la naïveté, mais j'ai ressenti sous cette apparente décontraction, une fragilité qui la rendait émouvante. Entièrement refaite par une trentaine d'opérations dont vingt-deux rien que pour la poitrine, Lolo était un véritable cobaye pour chirurgien esthétique de mauvais goût. Le docteur Bon, m'avait dit : « rendre une femme belle est une chose, la rendre artificielle est un ratage ! » Mais, ces opérations avaient été désirées par Lolo elle-même, qui affirmait haut et fort « ne pas supporter son physique naturel ». Pour cacher ses complexes, elle avait besoin de se changer « jusqu'aux limites de l'extrême » et de se maquiller. Eve Valois de son vrai nom prétendait être devenue ainsi à cause de mauvais rapports avec sa mère. Mais son admiration pour Bardot, et plus encore pour Marylin Monroe, y était pour beaucoup.

Une amie qui avait assisté à l'émission puis avait parlé un peu avec elle, m'avait dit, avec une certaine naïveté elle aussi :

– C'est une femme vraie à l'intérieur… et fausse à l'extérieur.

Sans aller jusque-là, je dirai que la jeune femme qui désirait n'être « pas comme les autres », véritable enfant de la génération « Barbie », m'a paru très différente quand on parlait avec elle d'autre chose que de sa ressemblance avec une poupée gonflée.

Elle nous a quittés dans la nuit du 4 au 5 mars 2000, dans sa maison de Grasse, d'une mort naturelle, dit-on. Un comble pour celle qui faisait sa profession de foi d'être artificielle. Elle a sans doute poussé sa ressemblance avec Marylin jusqu'à décéder d'un excès d'antidépresseurs, de calmants, de cachets, de stress et d'alcool.

Pour la venue de Lolo Ferrari à notre émission, Canal Plus pose ses caméras parmi nos micros. Et, effectivement, ce jour-là, Lolo provoque une véritable cohue, digne des plus grandes stars, en chantant et dansant pour nous, puis en dédicaçant ses photos.

Ensuite, tour à tour, ce fut une troupe de transformistes imitant Madonna, puis les interprètes du célébrissime *Macarena* qui enseignèrent gentiment leur chorégraphie aux spectateurs. Ce jour-là, Henri Guérin, le patron du plus fameux piano-bar de Saint-Tropez, *L'Octave*, et le peintre Michel Gambier, se joignent aux danseurs. Il y a aussi Ornella, si jeune (treize ans), si belle et si pure, dont nous avions fait notre mascotte. On ne t'oubliera pas, jolie Ornella, toi qui nous as quittés, trois années plus tard, parce que la vie t'avait donné rendez-vous avec le mal de vivre.

Enfin, vient le jour des n° 1. Pour la même émission, je reçois Carapiccio et son fameux « Tic, tic, tic et tac », et le groupe Zhivago, n° 1 des clubs.

Plus de six cents personnes sont autour de nous. Les plus malins se sont même installés dans les platanes pour assister à l'exhibition que les deux groupes, en tenue de scène, magnifiques, ont bien voulu donner ce jour-là, avant de finir la soirée chez la fidèle Sophie (je l'aime !) remplaçant un *Papagayo* déficient malgré les efforts de Jean Roch.

Fin août, c'est la dernière de « *Planet Dance* », quelques jours après celle du « Club des stars ». Bref, c'est nous qui avons les clefs et devons éteindre les lampions de la fête. Malheureusement, ce jour-là est gris et pluvieux, comme nous et, malgré les gouttes d'eau, Carole et moi, nous refusons d'annuler l'émission. J'ai gardé deux amis : Mario de la « Marine » et O. Benard.

CONCLUSION

I. Octobre 2006.

Le ciel de Provence est tristement et uniformément gris. J'ai le moral en berne. En relisant les modestes pages que je viens de commettre, il me vient une impression d'inachevé.

Fouillant aux quatre coins de ma mémoire défaillante, je ne retrouve, pour finir, que quelques bribes de souvenirs méritant d'être soumis à mon éditeur ; anecdotes concernant quand même Antoine Guérini, André Pousse, Sylvester Stallone et Robert De Niro.

Comme l'impression générale qui se dégage de mon sentiment est le *spleen*, je peux parodier un poète maudit et m'écrier :

– Que sont mes amis devenus ?

Pousse avait coutume de dire :

– Quand j'ouvre mon agenda, j'ai l'impression de traverser un cimetière !

Moi aussi… Les trois-quarts de mes relations ont disparu, de mort violente ou de maladie, restent scotchés à une épouse un peu trop jeune ou bien sont tracassés par les bêtises commises par leurs enfants ou encore par les otites de leurs petits-enfants. Bref, tous perdus pour la fête !

C'est sans doute, le solo déchiré de Chet Baker qui me rend ainsi. Je devrais écouter du brésilien *cool*, indolent et festif, au lieu de me noyer ainsi dans les improvisations pathétiques de celui qui, vers la fin tragique de sa vie, s'est transformé en Indien halluciné. Je reste cependant fasciné par le son écorché vif de mon *jazzman* favori, sinon je surfe sur les ballades de Coltrane… bonjour l'ambiance !

II. Antoine Guérini.

Dix heures du soir. La nuit de cet hiver provençal est d'un noir d'encre. J'aperçois la Mercedes du « maître de Marseille » qui m'attend dans le petit chemin de terre jouxtant la nationale, à quelques centaines de mètres de Lyunes.

Je pénètre dans la voiture et après un rapide « bonsoir », nous prenons immédiatement la route en direction de Marseille.

– Et ta fille ?

– Toujours pareil.

Ma fille n'est qu'une toute petite fille mais elle souffre de pneumonie. Mes parents, chez qui nous habitons momentanément elle et moi, sont dans l'angoisse de perdre notre plus cher « trésor ». D'habitude, le soir, à cette époque, je prends un car qui me conduit à Marseille où je chante tous les soirs, pour une semaine, au *Versailles*, la somptueuse boîte de nuit d'Antoine Guérini.

Je ne suis pas motorisé. Je n'ai jamais eu le permis de conduire… un E.T. au pays des terriens ! Trop d'accidents graves dans les voitures des autres.

Au cabaret, les filles, entraîneuses soumises au maître des lieux, sont belles et les clients généreux. Tout serait parfait sans cette maudite maladie qui affecte ma fille. Je ne suis même pas sensible aux belles strip-teaseuses qui, toutes câlines, viennent me voir dans ma loge avant et après le tour de chant.

Antoine Guérini, devant ma tête fermée et mon peu d'empressement avec les filles s'informe. Quand il sait, il tente de me rassurer :

– T'en fais pas petit… et si tu veux, je t'envoie mon médecin personnel. De toute façon, le soir, plus question de car. Ma voiture viendra te chercher, comme ça, tu resteras plus longtemps avec ta fille et on te ramènera après le tour de chant.

Voilà comment pendant une semaine j'ai circulé, la nuit, dans la voiture du caïd redouté. Avec chauffeur armé !

L'anecdote ne vaut surtout que pour montrer que l'homme le plus craint de Marseille savait aussi se montrer le plus généreux et le plus humain des hommes.

III. André Pousse.

Si j'avais pu, c'est à lui que j'aurais aimé demander l'honneur d'une préface pour mon livre. Impossible de faire meilleur choix :

– Stars et voyous ? Mais c'est de moi que tu parles ! ce serait-il écrié.

J'aurais attendu un de ces cocktails où il arrivait tout en blanc pour le lui demander.

D'abord j'aurais dit :

– Comment ça va ?

Rien que pour entendre sa réponse. Toujours la même, que nous connaissions tous. Mais, dans sa bouche, avec l'accent parigot qu'il n'avait jamais perdu, cette réponse avait une saveur particulière dont je ne me lassais jamais :

– Pour aller ça va… c'est pour revenir (que c'est difficile), et en plus, ces cons, ils ont mis les cols à l'arrivée !

Mélange détonnant d'un Audiard resté plus vivace que jamais chez l'ami Dédé, mais aussi souvenirs du cycliste qu'il avait glorieusement été et qu'il aimait évoquer avec les potes.

Pendant des soirées d'été, de dîner en dîner, avec nos femmes et ses potes Bernard Haller, Patrick Dutertre et le peintre Michel Gambier, il nous a régalés de ses anecdotes sur les stars comme Piaf ou sur les voyous comme Loutrel.

Un soir, mes amis tropéziens, Tony et Patrick, étant « montés » à Paris, je les ai emmenés au restaurant de Dédé, dans le 15e. Salle bourrée ! Le resto, bien sûr, lui n'était pas là, et le reste m'a paru vide. Aujourd'hui, c'est pareil. Dans ces cocktails de potes, sans lui, il y a comme un vide. Quand je pense à lui, j'imagine qu'il me dit à son tour :

– Comment ça va ?

– Pour aller ça va, Dédé,… c'est pour revenir.

Pour revenir c'est impossible. Alors, attends encore un peu, et comme le chantait Brel : « J'arrive »... Mais ne sois pas trop pressé.

IV. Sylvester Stallone.

C'est la période flamboyante de New Paradise. Début des années 1980. Quinze jours de vacances sur la Côte d'Azur, partagés entre le Grand Hôtel sur la Croisette à Cannes et Saint-Tropez, c'est tout ce que l'on peut espérer grappiller à l'incroyable tourbillon de galas et de télés qui nous emmènent aux quatre coins de la planète *show-biz*.

Ce matin-là, nous sommes à La Voile rouge, mythique plage de Pampelone. Il est 11 heures et c'est l'aurore pour les habitués de ce rectangle de sable. Il n'y a personne. En tout, nous ne sommes que quatre.

Tiffanie et moi, et sur notre gauche, deux mecs. Un grand, beau, et un gros, costaud. Au premier regard, le beau me fait sourire. Il a sans doute lu le *Nice Matin* de la veille où la photo de Rambo s'étalait à la Une signalant son passage dans la région. Comme chaque année. Débardeur noir et short rouge. Comme mon voisin de gauche. Un mytho, qui, à cause d'une vague ressemblance, se prend sans doute pour Rocky.

Tiffanie décide de « tâter » l'eau bleue et calme du matin et Poupoune, notre petite chienne York, de 3 kilos, la suit.

Le mec, à gauche, se lève aussi. Il ne va pas se mettre à draguer ma nana quand même ! Je sais, on est à La Voile rouge, et tout est possible. En plus, il n'est pas mal... Je suis un peu jaloux. Le gros s'en mêle. Il rejoint son pote et semble surveiller Tiffanie. Qui va violer qui ?

Personne ne fait attention à Poupoune qui, sans-gêne, s'en va lécher les mollets du beau mec. Surpris, il sursaute et le gros aussi. Puis, tous deux se fendent d'un grand sourire devant la petite boule de poils qui les regarde effrontément. Le beau mec se baisse, questionne Tiffanie du regard pour savoir s'il peut, puis se met à caresser mon York.

Quelques longues secondes passent, puis, satisfaite, Poupoune tourne le dos à son dragueur et revient me rejoindre sur mon matelas posé sur le sable fin, et le dragueur sourit à Tiffanie. À son retour, je ne peux m'empêcher de dire à Tiffanie, un peu pour « casser » le beau mec :

– Tu as vu le mec ? Tu sais pour qui il se prend ? Pour Stallone !

Vers 13 heures, les habitués arrivent. À 15 heures c'est l'émeute ! Il faut faire appel aux gros bras de la plage et même appeler les gendarmes. Celui qui se prenait pour Stallone était Stallone… Et depuis, quand je vois sur un écran Rambo terrasser des ennemis dans des combats sanglants ou Rocky hurler sa joie sur le ring en devenant champion du monde de boxe, poids lourds, je ne peux m'empêcher de revoir le sourire attendri de celui qui a caressé Poupoune et en a demandé poliment l'autorisation à Tiffanie. Un vrai gentleman !

V. Robert de Niro.

De Niro, lui, n'est pas un gentleman !

Ma grande passion, c'est le foot. Inconditionnel de l'OM. Soixante ans de vélodrome, ça compte.

Mes réactions de supporter sont enflammées et toujours disproportionnées. Ce qui fit dire à mon ami Patrick

Barthélémy, un soir où nous regardions un match de coupe d'Europe de l'OM, à la télé et en compagnie de Tony et Marcel Aubour.

– Mais tu es un chien ! Tu n'es pas Marseillais pour rien...

J'avais simplement réagi suite à un tacle espagnol en m'écriant :

– Casse-lui la jambe à cet Espingo !

Rien d'un gentleman moi non plus... Quant à Patrick Barthélémy, il savait de quoi il parlait car il avait été joueur pro à Rennes.

Cet amour du foot m'a fait faire la connaissance de quelques personnes de la fédération. L'un d'entre eux, un Lensois, adorable, nous avait invités, Tiffanie et moi, à découvrir avec une amie commune le nouveau chef du restaurant d'un hôtel, Le Bristol. Grand luxe. Froid. Pour Américains de passage.

Nous prenons l'apéritif au bar où un pianiste se décarcasse à occuper les minutes qui passent en jouant « *Love story* » ou « Un homme et une femme », sans grande motivation.

Le bar est vide, archi vide. La solitude est accentuée par la grandeur des lieux et la hauteur des plafonds. Il n'y a que nous quatre. Plus le pianiste.

Et un mec, seul, assis à deux tables de nous, qui dévore ses cacahuètes avec l'attention d'un singe au zoo.

– Tu as vu qui c'est ?

Tiffanie me désigne discrètement le bouffeur de cacahuètes.

– Non !

– C'est ton idole... De Niro !

Il est là, tout seul, sans doute fatigué après une journée de tournage du film *Ronin* qu'il tourne dans la capitale. J'essaie d'empêcher Tiffanie d'intervenir, car je connais le caractère du bonhomme, mais c'est trop tard ! Elle a trouvé une carte dans son sac et fonce me décrocher un autographe de « Vito Corleone ». Elle est mignonne comme tout dans son ensemble blanc, une vraie petite Mireille Darc.

Elle arrive devant lui, lui fait son sourire le plus désarmant, celui-là même qui m'a désarmé dans tous les sens du terme et...

... Et l'homme-singe, derrière les barreaux de sa rêverie, continue à engloutir ses cacahuètes sans relever la tête. Il ne voit même pas le joli petit lot qui lui mendie un autographe pour son homme ! D'un geste dédaigneux, il la renvoie à son monde extérieur.

La patience n'étant pas mon fort, mes mots claquent, faisant sursauter tout le monde dans cette ambiance feutrée :

– Tiffanie, reviens !

De Niro aussi sursaute et me regarde, étonné par mon ton autoritaire. Tiffanie, déçue et un peu humiliée, me jette un coup d'œil navré puis fait demi-tour et revient s'asseoir.

– Quel con !

C'est mon seul commentaire. S'il y avait eu foule, j'aurais compris. Un autographe en entraîne un autre et on n'arrête plus. Par ailleurs, il devait être fatigué. Mais là, il n'y avait que lui et nous, et Tiffanie le lui ayant demandé de façon si charmante, la moindre des galanteries aurait été au moins un sourire.

L'incident ayant créé un malaise, nous décidons de passer à table. Pour ça, il faut inévitablement passer devant la table de De Niro.

Mes amis passent les premiers, puis Tiffanie, tête haute et dédaigneuse. Je traîne volontairement le pas pour que mon regard accroche celui de l'acteur américain. Devant ce qu'il peut y lire, il me fait un signe des épaules, les deux bras écartés, marmonnant un vague : *sorry* !

Je le méprise. Je tends la main vers lui, le pousse baissé avec une moue de dédain sur le visage.

Mon voyou préféré de l'écran, celui de *Heat*, du *Parrain*, de *Casino*, et surtout des *Affranchis* n'était pas à mon rendez-vous !

De nombreux ouvrages et biographies témoignent de l'attirance entre les deux mondes. Celui des stars et celui des voyous. Les voyous ont toujours été attirés par les paillettes du *show-biz* comme des papillons par la lumière. Le *show-biz*, lui, a toujours aimé s'encanailler auprès des voyous. La vie de noctambule, sans doute, qui jette des passerelles entre les deux univers. Ne dit-on pas que, la nuit, tous les chats sont gris ?

C'est à Alain Delon, ou Bernard Lavilliers que je dois d'avoir osé écrire ces quelques pages. Eux ont eu avant moi le courage ou la sincérité de reconnaître et de revendiquer leurs amitiés. Et que dire de Sinatra, si ce n'est qu'on ignore où est sa vraie personnalité : Le *Showman* ou le *Parrain* ? Plusieurs voyous que j'ai connus ne rêvaient que d'une reconversion dans l'écriture ou le cinéma.

Je ne parle pas des nombreux comédiens affirmant : « si je n'avais pas été acteur, j'aurais pu mal tourner »… Ce ne sont généralement que des déclarations de dossiers de presse montés par des agents en mal d'imagination.

C'est drôle, je n'ai jamais entendu une vedette féminine dire : « si je n'avais pas réussi, j'aurais pu devenir pute » !

Moi, j'ai toujours été *borderline*, passant ma vie sur cette frontière incertaine entre l'ombre et la lumière, l'espace public et le clandestin, bref entre chien et loup !

Et comme dirait Gabin : « aujourd'hui, je sais » !

Je sais que le respect est la meilleure assurance-vie et que le bon « mental » permet de traverser des orages sans trop se mouiller. Respecter tout le monde... ses amis et les autres, sans changer soi-même d'opinion et, comme je suis, « à l'ancienne », toujours considérer la violence comme la pire des solutions. L'extrême !

J'ai parfois pratiqué des manières de voyou dans le « *show-biz* » mais j'ai toujours été considéré très *show-biz* chez les voyous. *Borderline*, je vous dis !

Aujourd'hui, en parodiant Beaudelaire, je dirais qu'ici tout est luxe, calme et volupté. Je vis dans un petit port de pêche sur la côte d'Azur, entre Menton et Marseille. Loin de toute agitation. Des stars et des voyous, j'en croise tous les jours. Nouvelles générations... On ne se connaît plus !

The End

REMERCIEMENTS

A Francis Lai et Claude lelouch, sans eux rien n'aurait été pareil, ils ont été mes modèles et mes inspirateurs.

Marc Tortelier, sa disponibilité et ses ordinateurs m'ont été indispensables.

Gilbert Di Niro pour ses dons d'intermédiaire.

André Crudo et *Isabelle Sadys (Hachette photo presse) p*our leurs photos et leur gentillesse.

Tous les photographes qui m'ont fait cadeau de si beaux souvenirs.

Eric Tognoli et *Patrick Dutertre* pour leur assistance locale .

Tous les artistes qui m'ont fait confiance.

Monique, pour sa daube inoubliable.

Pierre Leroux pour ses encouragements et ses anecdotes.

Ma garde « Stendhalienne » (Le Rouge et le Noir) pour leur fidélité et leur générosité.

Chet Baker, Franck Sinatra et d'autres pour s'être glissés dans mon Whysky aux mauvaises heures.

et

Ma fille pour avoir été la première lectrice enthousiaste de mes aveux.

Ma femme pour sa patience et son courage.

Mes parents pour m'avoir tout pardonné et m'avoir aimé

et

Mon éditeur Jérôme Pourtau, pour sa disponibilité et sa compréhension.

Cet ouvrage a été édité par les
Editions du portail
6, avenue Neil Armstrong,
bâtiment Le Lindbergh, 33700 Mérignac
Tél : 05 56 12 48 52 Fax : 05 56 47 30 16

Imprimé en France

Dépôt légal 2e trimestre 2007.

ISBN 978-2-917152-01-0